홍계월전

한국
고전
문학
전집
019

홍계월전

조광국 옮김

문학동네

머리말

하늘 아래 봄이건만, 봄은 사람마다 달리 찾아오나봅니다. 올봄은 나 몰래 살그머니 와 있었습니다. 남녘의 섬진강 매화를 찾기도 전에, 산수유 노란 마을을 보기도 전에.

나른한 봄날, 벚꽃만큼은 놓치지 말아야겠습니다. 꽃이 화사하거니와 꽃그늘이 더 빛나는 벚꽃길은 지상에서 누리는 천상의 혜택입니다.

님으로 오는 봄은 저절로 노래가 되어 곧 환희로 울려퍼집니다. 장미꽃 향기, 그 끝자락이 푸르른 여름으로 녹아들겠지요. 해마다 맞는 봄이지만, 그 봄을 놓쳐서는 아니 되려니……

고전은 우리에게 봄과 같습니다. 새 희망을 주기 때문입니다. 게다가 고전은 읽을수록 재미있고 감미롭기조차 합니다. 『홍계월전』이 그런 고전 작품입니다. 거기에 주인공 계월이 우뚝 서 있습니다.

여자의 몸으로 태어나 남자보다 더 뛰어난 활약을 펼치는 계월을 대하면 마음속이 시원해집니다. 단신으로 적진을 누비며 한칼에 적병을 제압하며 위기에 빠진 남편을 구해내는 계월의 모습이 작품 밖으로 튀어나올 것만 같습니다.

예전에 여성은 아버지를 따르고, 결혼해서는 남편을 따르고, 나중에는 아들을 따라야 했습니다. 여성은 자신의 삶을 제대로 펼쳐보지도 못했던 것입니다. 그런 억눌림을 마음껏 터뜨리는 계월을 대하노라면, 어느새 기분이 상큼해집니다.

어찌 계월을 남성과 대결하는 여성으로만 볼 수 있겠습니까. 계월은 여성이기 전에 인간이었습니다. 사람은 역경을 극복하면서 성장하기 마련입니다. 계월도 그랬습니다. 계월은 그 힘으로 주변의 선입견을 깨뜨렸습니다. 좋은 결과는 주변 사람에게도 주어지니, 얼마나 좋습니까?

고전 작품이 어찌 봄으로만 비유되겠습니까. 뜨거운 여름 햇볕으로 녹음은 더해가고, 울긋불긋 가을로 우리 마음은 물듭니다. 흰 눈 덮인 겨울산은 의연하게 다가옵니다. 고전 작품은 사시사철 우리에게 희망은 물론이고 활력도 주며, 아름다움도 선사하고 푯대도 보여줍니다.

이 책을 내기까지 많은 분들의 도움을 받았습니다. 이 책은 '한중연 45장본' 『홍계월전』을 대상으로 했는데, 먼저 한국학중앙연구원 관계자들께 고마움을 표합니다. 아주대학교의 연구비로 작업이 진행되었으니 이 또한 감사합니다. 그리고 현대어로 고치는 데 많은 도움을 준 문학동네 편집부의 구민정 편집자와, 이현미 선생께 감사의 마음을 전합니다.

"진리를 알지니 진리가 너희를 자유케 하리라"라는 「요한복음」 말씀이 있습니다. 진리이신 예수 그리스도께 감사드립니다.

아주대학교 다산관 연구실에서

조광국

차례

머리말 _5

홍계월전

홍계월의 탄생 _15

장사랑의 난이 일어나고, 아버지와 헤어지다 _18

도적 장맹길에게 잡히고, 어머니와 헤어지다 _21

여공의 구원으로 살아나고, 보국과 함께 교육을 받다 _27

벽파도로 귀양 간 아버지 _30

어머니, 아버지를 다시 만나다 _32

평국은 장원급제 보국은 부장원 _38

서달의 난에 평국과 보국이 출전하다 _42

평국의 활약 _47

벽파도에서 부모를 만나다 _55

천자의 신임 _60

평국이 여자임이 밝혀지다 _64

남편을 군례로 다스리다 _67

보국의 애첩 영춘을 군법으로 처형하다 _71

보국을 조롱하다 _74

위기에 빠진 천자 _78

또 한 번의 활약 _81

아내의 장난 _87

위국공 홍무 일행이 황후와 태자를 만나 귀경하다 _91

부귀영화를 누리다 _97

원본 『홍계월전』 _99

해설 | 『홍계월전』의 이모저모, 흥미로운 지점들 _190

참고문헌 _202

〖 일러두기 〗

현대어역본

◎— 번역 저본

- 한국학중앙연구원 장서각 소장 필사본(청구번호: D7B 42D) 『홍계월전』(45장본)이다. 한글 위주로 표기되어 있는데 군데군데 한자도 섞여 있다.

◎— 교감

- 활자본 『홍계월전』(회동서관, 1926)과 비교했다. 이 활자본은 『구활자본 고소설전집』 16권(인천대 민족문화연구소, 1983)에 영인되어 있다.

◎— 번역

- 원문을 훼손하지 않도록 힘썼다. 잘 쓰지 않는 어휘는 쉬운 말로 풀었고, 상황에 맞도록 본문에 약간씩 보충 설명을 덧붙이기도 했다. 또 원문을 그대로 가져올 때 문맥이 매끄럽지 않은 곳은 자연스럽게 고쳤다. 이를테면 "도젹이 급ᄒᆞ니 ᄎᆞ라이 이 江水의 ᄲᅡ져 죽으리로다"에서 "도젹이 급ᄒᆞ니" 부분을 "도적에게 잡히느니"로 처리했다. '과연'과 같이 반복되는 어휘는 문맥에 따라 생략하기도 했다.

◎— 체제

- 이야기의 흐름에 따라 소제목을 역자가 임의로 붙였다.

◎— 특정 어휘

- 임금 앞에서 신하가 자신을 일컫는 '신臣'이나 '소신小臣', 여자가 윗사람에게 자신을 낮추어 겸손히 이르는 '소녀小女', '신첩', '첩' 등 1인칭 대명사는 현대어에 맞게 모두 '저' 혹은 '제가'로 바꿨고, 임금이 신하를 지칭하는 2인칭 대명사인 '경'은 '그대'로

바꿨다. '보국'의 군직軍職 명칭으로 '중군'과 '중군장'이 함께 쓰였는데 독자의 편의를 돕고자 '중군장'으로 통일했고, '계월'의 군직 명칭으로 '대원수'와 '원수'가 쓰였는데 대부분 '홍원수'로 썼다. 그리고 성과 관직이 이어지는 경우에는 '홍시랑'과 같이 붙여 썼으며, 곽도사, 여공 등도 같은 방식으로 붙여 썼다.

원본

◎— 저본

- 한국학중앙연구원 장서각 소장 필사본(청구번호: D7B 42D) 『홍계월전』(45장본)이다. 한글 위주로 되어 있으며 군데군데 한자로 표기된 곳도 있다. 겉표지에 세로로 '桂月傳'이라 쓰여 있고 그 오른쪽 상단에 제목보다 작은 크기로 '平國 輔國'이라 적혀 있다.

◎— 교감

- 한글 활자본 『홍계월전』(회동서관, 1926)과 비교했다. 이 활자본은 『구활자본 고소설전집』 16권(인천대 민족문화연구소, 1983)에 영인되어 있다.

◎— 교감 방식

1. 저본이 한글 위주로 되어 있고 사투리와 오자도 있어서 국어학적 자료의 가치를 살릴 겸 본문에서는 저본을 그대로 실었다.
2. 각주에서 교감하는 방식을 택했으며 교감은 의미 차이가 나는 곳, 뜻이 모호한 곳을 중심으로 했다.
3. 저본에서 빠진 곳은 본문에 활자본(회동서관, 1926)에서 가져온 대목을 채워넣고 해당 대목을 ( )로 표시했다. 문맥이 자연스럽지 못한 곳을 위주로 처리했다.

◎— 본문 처리

1. 한글과 한자는 원문대로 표기했다.
2. 잘못 표기된 글자도 고치지 않고 원문대로 표기했다. 다만 특정 날짜인 '일오일'(15일)의 마지막 '일'자에서 초성을 'ㄱ'으로 잘못 썼다가 이내 'ㅇ'으로 고치려는 흔적이

있는데 이때는 '일'자로 표기했다.
3. 본문에서는 시간과 공간을 고려하여 적절하게 행을 바꾸었다.
4. 문장 부호는 임의로 붙였다. 예컨대 쉼표와 마침표를 문장의 흐름에 따라 적절하게 붙였으며, 대화 부분은 행을 바꾸어 큰따옴표로 처리했다.
5. 하나의 대사 안에 요약적 서술이 섞여 있는 곳은 요약적 서술 부분을 구분하여 처리했다. 즉 앞쪽 대사는 말줄임표를 활용하여 큰따옴표 안에 넣었고, 그다음에 행을 바꾸어 요약적 서술 부분을 처리했다.

◎— 주석 처리

1. 뜻을 설명할 때에는 현대어로 바꾼 것을 표제어로 제시하고 설명했다. 현대어로 바꾼 표제어 옆에 '(한자)'를 붙이기도 했다.
2. 한자와 한글의 오기는 각주의 표제어로 제시하고 바로잡았다.
3. 교감의 경우에는 각주의 표제어로 제시하고 교감했다.
4. '회동서관본'은 한글 활자본 『홍계월전』(회동서관, 1926)을 가리킨다.
5. '회동서관본'에서 잘못된 것도 적시하여 바로잡았다.

홍계월전

홍계월의 탄생

명나라 헌종 임금 시절 형주 구계촌에 홍무라는 사람이 있었다. 그의 가문은 대대로 명문이었다. 어린 나이에 급제해 벼슬이 이부시랑에 올랐는데 충심과 효심이 깊고 강직하므로 천자가 사랑하여 그와 나랏일을 의논하곤 했다. 그러자 조정의 많은 벼슬아치가 그를 시기하고 모함해 그는 죄 없이 벼슬을 빼앗기고 고향으로 돌아와 농사에 힘썼다. 집안 형편은 넉넉했지만, 슬하에 자녀가 없어서 매일 슬퍼했다.

하루는 홍시랑이 부인 양씨와 함께 처량하게 탄식했다.

"나이 사십에 아들이든 딸이든 자식이 없으니, 우리 죽은 후에 누가 대를 이어줄까? 지하에 돌아가 조상을 뵐 면목이 없구려."

부인이 겸손하게 말했다.

"삼천 가지 불효 중 자식 없는 것이 가장 큰 불효라고 합니다. 제가 귀한 가문에 들어온 지 이십여 년이 되었는데 자식이 없으니 무슨 면목으로 당신을 뵐 수 있겠습니까? 원컨대 당신은 다른 가문에서 어진 숙녀를 취하여 후손을 보시지요. 그러면 저도 칠거지악을 면할 것 같습니다."

홍시랑이 위로했다.

"이는 다 내 팔자요. 어찌 당신의 죄라 하겠소? 이후에는 그런 말씀일랑 마시오."

이때는 가을철 구월 보름이었다. 부인이 시비를 데리고 망월루에 올라 달빛을 구경하는데, 갑자기 몸이 피곤해서 난간에 의지했다. 그때 비몽사몽간에 선녀가 내려와 부인에게 말했다.

"저는 옥황상제의 시녀입니다. 상제께 죄를 짓고 인간 세상으로 쫓겨나 갈 곳을 모르고 있었는데, 세존世尊이 부인 댁으로 가라고 하시기에 왔습니다."

그런 뒤 부인의 품속으로 들어왔다. 부인이 놀라 꿈에서 깨어나 생각해보니, 평생에 한 번 꿀까 말까 한 대단한 길몽이었다.

부인이 매우 기뻐하며 홍시랑에게 꿈 이야기를 하고는 귀한 아들 보기를 바랐다. 과연 그달부터 태기가 있더니, 어느덧 열 달이 찼다. 하루는 집 안에 향기가 진동하는 가운데 부인이 몸이 피곤하여 침석에 누웠다가, 아이를 낳았다. 딸이었다.

선녀가 하늘에서 내려와 옥병을 기울여 아기를 씻겨 눕히고 말했다.

"부인은 이 아기를 잘 길러 훗날 복을 받으십시오."

그러더니 문을 열고 나가며 말했다.

"오래 지나지 않아 뵐 날이 있을 것입니다."

선녀가 나가자 부인은 홍시랑을 불러 아이를 보여주었다. 얼굴은 복숭아꽃 같고 향내가 진동해 정말 월궁항아라 할 만했다. 기쁨을 이루다 헤아릴 수 없었지만, 사내아이가 아니어서 한스러워했다. 이름을 계월이라 짓고, 손안의 보배로운 구슬같이 사랑했다.

계월이 점점 자라났는데 얼굴은 복숭아꽃처럼 예쁘고 또한 똑똑했다. 홍시랑은 혹시 계월이 일찍 죽지는 않을까 염려하여, 강호 땅에 사는 곽도사라는 사람을 청해 계월의 얼굴을 보여주었다. 도사가 지그시 보다가 말했다.

"이 아이의 관상을 보니, 다섯 살이 되는 해에 부모와 이별할 것입니다. 그러나 열여덟 살에 부모를 다시 만나 높은 관직에 올라 많은 복을 누리고, 이름을 천하에 날릴 것이니 매우 길합니다."

홍시랑이 그 말을 듣고 놀라서 말했다.

"자세히 가르쳐주십시오."

도사가 말했다.

"그 밖에는 아는 것이 없습니다. 하늘의 기밀을 누설할 수가 없어서 대강만 말씀드렸습니다."

도사는 하직하고 떠났다.

홍시랑은 도사의 말을 듣고는 도리어 듣지 않은 것만 못하다 여기고, 부인에게 이 말을 전했다. 홍시랑은 너무 걱정이 된 나머지 계월에게 남자 옷을 입혀 초당에서 지내게 하며 글을 가르쳤는데, 한 번 보면 잊지 않을 정도였다.

홍시랑이 탄식하며 말했다.

"네가 만일 남자로 태어났더라면 우리 가문을 더욱 빛냈을 텐데 안타깝구나."

장사랑의 난이 일어나고, 아버지와 헤어지다

세월이 흐르는 물과 같아, 어느덧 계월이 다섯 살이 되었다. 이때 홍시랑이 친구 정사도를 찾아갔다. 원래 정사도는 황성에서 함께 벼슬할 때 매우 친하게 지내던 벗이었는데, 소인小人, 도량이 좁고 간사한 사람의 참소讒訴를 당해 벼슬을 하직하고 고향 회계촌에 내려온 지 이십 년이 되었다. 양주 회계촌까지는 거리가 삼백오십 리나 되어 홍시랑은 집을 떠난 지 여러 날 만에 도착했다. 정사도가 홍시랑을 보고는 대청마루에서 내려와 손을 잡고 매우 기뻐했다. 자리에 앉아 여러 해 동안의 회포를 풀고 위로하며 말했다.

"이 몸은 벼슬을 하직하고 이곳에 와서 초목에 의지해 세월을 보내고 있었네. 다른 벗이 없어 적막했는데, 천만 뜻밖에 시랑이 천릿길을 멀다 하지 않고 이렇듯 버려진 몸을 찾아와 위로해주니 감격스럽소."

이처럼 즐거워했는데, 홍시랑이 사흘 뒤 작별 인사를 하고 떠나려니, 섭섭한 정을 어찌 헤아릴 수 있겠는가? 홍시랑은 이날 남북촌에 와서 자고 이튿날 닭이 우는 새벽 무렵에 떠나려 했다. 그때 멀리서 쟁북 소리가 들리더니 점차 북소리와 나발 소리가 진동하여 땅이 울렸다. 시랑이 놀라 나가서 바라보니, 여러 백성이 쫓겨오고 있었다. 홍시랑이 어찌 된 일인지 물어보자, 정사도가 대답했다.

"북방절도사 장사랑이 양주목사 주도와 합심해 군사 십만을 거느리고 형주 구십여 성을 치고 기주자사 장기를 베고 지금 황성皇城을 침범했습니다. 난이 너무 무자비해 백성을 수없이 죽이고 재산을 노략하니, 다들 살기 위해 피란하는 중입니다."

홍시랑은 그 말을 듣고 천지가 까마득해졌다. 산속으로 피신하며 부인과 계월을 생각하고 슬피 우니, 그 모습이 참으로 가련했다.

이때 부인은 홍시랑이 돌아오기를 기다리고 있었는데, 밤에 문득 요란한 소리가 들려 잠결에 놀라 깨어났다. 그때 시비 양윤이 다급하게 고했다.

"북방의 도적이 천만 병마를 몰고 들어와 백성을 수없이 죽이고 노략질을 해 피란하느라고 요란합니다. 이 일을 어찌하면 좋습니까?"

부인이 깜짝 놀라 계월을 안고 통곡하며 자결하려 했다.

"시랑이 집에 오는 길에 도적의 모진 칼을 맞고 죽었겠구나."

그러자 시비 양윤이 위로했다.

"아직 홍시랑의 생사도 모르는데 왜 이러십니까?"

부인은 그 말이 옳다고 여겨 마음을 진정하고, 양윤이 계월을 등에 업게 하고 남쪽을 향해 갔다. 그러나 십 리도 채 못 갔는데 높고 큰 산이 나타났다. 그래서 산속에 들어가 피신하려고 바삐 가며 돌아보니, 도적이 바짝 뒤쫓아오고 있었다.

양윤은 아기를 업고 한 손으로 부인의 손을 끌고 온 힘을 다해 도망쳤다. 그러나 겨우 십 리도 못 가서 큰 강이 길을 막아서자, 부인은 너무 슬퍼서 하늘을 우러러 통곡했다.

"이제 도적에게 잡히게 됐으니 차라리 이 강물에 빠져 죽어야겠구나."

부인이 계월을 안고 물에 뛰어들려고 하는데, 문득 북쪽 바다에서 처량한 피리 소리가 들려서 바라보니, 한 선녀가 조그마한 배를 타고 오고 있었다. 선녀가 다급하게 말했다.

"부인은 잠깐 참으십시오."

선녀가 순식간에 배를 대고 오르기를 청했다. 부인이 감격스러워하며 양윤과 계월을 데리고 급히 배에 올라탔다. 선녀가 노를 저으며 말했다.

"부인은 소녀를 알아보시겠습니까? 소녀는 부인이 해산하실 때 간호하던 선녀입니다."

부인은 정신을 차리고 자세히 보고서야 깨달았다.

"우리는 인간 세상의 미물인지라 눈이 어두워 몰라보았습니다."

이어서 부인이 감사의 말을 했다.

"그때 누추한 곳에 오셨다가 급하게 이별한 후 간절히 생각나 잊은 날이 없었는데, 오늘 뜻밖에 만나니 다행입니다. 또한 물에 빠져 외로운 넋이 될 뻔했는데 구해주시니 정말로 감사합니다. 이 은혜를 어찌 갚겠습니까?"

선녀가 말했다.

"저는 동빈 선생을 모시고 가던 길이었지요. 만일 조금만 늦게 왔어도 구하지 못할 뻔했습니다."

선녀는 능파곡凌波曲을 부르며 배를 저어 갔다. 배는 빠르기가 화살과 같아서, 순식간에 언덕에 도착해 내리기를 재촉했다. 부인이 배에서 내려 한없이 고마워하자 선녀가 말했다.

"부인은 옥체를 보중하십시오."

그러더니 가는 곳을 알려주지 않은 채 배를 저어서 갔다.

도적 장맹길에게 잡히고, 어머니와 헤어지다

부인은 하늘을 향해 거듭 감사 인사를 올리고, 갈대밭 속으로 들어갔다. 앞으로 나아가며 살펴보니 첩첩산중이었다. 부인과 양윤은 계월을 데리고 시냇가에 앉아 쉬기도 하고, 두루 헤매고 다니며 칡뿌리도 캐 먹고, 버들강아지도 훑어 먹으면서 겨우 정신을 차렸다. 일행은 점점 산속으로 들어가다가 한 정자각을 발견했다. 가까이 가서 보니 현판에 엄자릉嚴子陵의 조대釣臺, 낚시터라고 쓰여 있었다.

부인 일행은 정자각에 올라가 잠깐 쉬었다. 부인은 양윤에게 밥을 얻어오라 보내고 계월을 안고 홀로 앉아 있는데, 문득 바라보니 강 위에서 큰 범선 한 척이 정자를 향해 오고 있었다. 부인은 놀라 계월을 안고 대숲으로 들어가 숨었다. 배는 가까이 오더니 정자 앞에서 멈추었다. 그 중 한 놈이 말했다.

"아까 강 위에서 바라보니 여인 하나가 숲속으로 갔다. 얼른 찾아와라."

모든 도적이 일시에 대밭 속으로 달려들어가 부인을 잡아들였다. 부인은 천지가 아득해 양윤을 부르며 통곡했다. 그러나 밥 얻으러 간 양윤이 이 일을 어찌 알겠는가? 도적이 부인의 등을 밀며 잡아다 뱃머리에 꿇어앉혔다. 그러고는 거칠고 험한 말을 퍼부어댔다.

원래 이 배는 수적水賊의 무리가 타는 배였다. 그들은 강으로 다니면서 재물을 탈취하며 여성들을 으르고 협박하곤 했는데, 마침 이곳을 지나가다가 부인을 만난 것이었다. 수적 장맹길이라는 놈이 부인의 아름다운 미모를 보고 흠모하는 마음이 들어 말했다.

"내 평생 천하제일의 미인을 얻고자 했는데, 하늘이 일러주시는구나."

그러고는 기뻐했다.

부인은 하늘을 우러러 탄식했다.

"시랑의 생사를 알지 못하고 목숨을 보존해오다가 이제 이곳에 와서 이런 변을 만날 줄 어찌 알았겠는가?"

부인이 통곡하니 모든 초목草木 짐승이 슬퍼하는 듯했다.

맹길이 부인의 슬퍼하는 모습을 보고 부하들에게 분부했다.

"저 부인이 손발을 움직이지 못하게 비단으로 동여매고, 그 아이는 이불에 싸서 강물에 던져버려라."

부하들이 명령을 듣고 아이를 강물에 던지려 했다. 부인은 손을 놀리지 못해 몸을 기울여 입으로 계월의 옷을 물고 놓지 아니한 채 통곡했다. 그러자 맹길이 달려들어 계월의 옷깃을 칼로 베고 계월을 물속으로 던져버렸다. 그 슬픔을 어찌 다 헤아릴 수 있겠는가?

계월이 물에 떠가며 울부짖었다.

"어머니, 이것이 어찌된 일입니까? 어머니, 나 죽어요, 빨리 살려주세요. 물에 떠가는 자식은 만경창파萬頃蒼波에 고기밥이 되란 말입니까? 어머니 얼굴이나 다시 봅시다. 죽어도 눈을 감지 못하겠네."

울음소리가 점점 멀어져갔다. 장중보옥같이 사랑하던 자식이 눈앞에서 물에 빠져 죽는 모습을 보았으니 부인의 정신이 어찌 온전하겠는가?

"계월아, 계월아, 나와 함께 죽자."

하늘을 우러러 통곡하다 기절하니, 도적들도 눈물을 흘리지 않는 이가 없었다. 슬프다! 양윤이 밥을 얻어가지고 오다가 바라보니, 정자각에 사람이 무수히 많은데 부인의 통곡 소리가 들렸다. 얼른 가서 보니, 도적들이 부인을 동여매고 분주하게 움직였다. 양윤이 이 광경을 보고는 얻어온 밥을 그릇째 내던지고 부인을 붙들고 목 놓아 큰 소리로 울었다.

"이것이 어찌된 일입니까? 차라리 올 때 그 물에 빠져 죽었던들 이런 재앙을 당하지는 않았을 것을, 이 일을 어찌하면 좋습니까? 아기는 어디 있습니까?"

아기를 물에 던졌다는 말을 듣고, 양윤이 가슴을 두드리며 물에 뛰어들려 했다. 그러자 맹길이 또 부하들에게 호령했다.

"저 계집도 마저 동여매라."

부하들이 달려들어 양윤마저 동여매니, 양윤은 죽지도 못하고 하늘을 우러러 통곡할 뿐이었다. 맹길은 도적의 무리를 재촉해 배를 빨리 젓게 하여 제 소굴로 돌아왔다. 부인과 양윤을 침실에 가두고 제 계집 춘랑을 불러 말했다.

"내가 이 부인을 데려왔으니, 너는 좋은 말로 달래어 부인의 마음을 편안하게 하라."

춘랑이 부인에게 들어가 물어보았다.

"부인은 무슨 일로 이곳에 왔습니까?"

부인이 대답했다.

"왕부인, 죽게 된 목숨을 살려주십시오."

부인은 춘랑에게 자초지종을 털어놓았다. 이에 춘랑이 말했다.

"이야기를 듣고 보니 부인의 상황이 참혹하네요."

춘랑은 이어 말했다.

"주인놈은 본래 수적으로, 사람을 많이 죽이고 또한 용맹해서 한 번 가면 천 리를 가니, 도망치기도 어렵고, 죽으려 해도 죽지 못할 것입니다. 아무리 생각해도 참으로 불쌍합니다. 저도 본래 도적의 계집이 아닙니다. 대국 번양 땅 양강도에 살았는데, 일찍 남편을 여의고 홀로 있던 차에 이놈에게 잡혀왔습니다. 목숨만 겨우 건져 이놈의 계집이 되었습니다. 모진 목숨을 끊지 못하고 고향을 생각하면 정신이 아득해집니다. 그러나 잠깐 생각해보니 한 가지 묘책이 있습니다. 천만다행으로 계교대로 일이 잘되면 저도 부인과 함께 도망치렵니다."

춘랑이 즉시 나와서 도적들의 무리가 모여 있는 곳에 가보니, 도적들이 촛불을 밝히고 좌우로 나뉘어 앉아 잔치를 펼치고 술과 고기를 먹으며 즐기고 있었다. 도적들이 저마다 잔을 들어 맹길에게 아부하는 말을 했다.

"오늘 장군이 미인을 얻었사오니, 한잔 술로 축하드립니다."

각각 한 잔씩 권하자, 맹길은 만취해서 쓰러졌다. 또한 다른 도적들도 다 쓰러져 잠이 들었다. 춘랑이 급히 들어와 부인에게 말했다.

"지금 도적들이 깊이 잠들었으니 얼른 서문을 열고 도망칩시다."

이날 밤 즉시 춘랑은 수건에 밥을 싸가지고 부인과 양윤을 데리고 서쪽으로 도망쳐갔다. 그러나 부인은 정신이 아득해 한 걸음도 더 가기가 어려웠다. 동쪽 하늘이 밝아오는데, 멀리 강 위 하늘에서 들려오는 외기러기 우는 소리가 슬픈 마음을 더 슬프게 했다. 문득 바라보니 한쪽은 태산이고, 다른 쪽은 큰 강이라서, 바닷가 갈대밭 속으로 도망쳤다. 부인은 기운이 다 빠져서 춘랑을 돌아보며 말했다.

"날은 이미 밝았고, 기운이 하나도 없어 갈 수가 없으니, 어찌한단 말인가?"

부인은 하늘을 우러러 통곡했다. 그때 문득 갈대밭 속에서 한 여승이 나와 부인에게 두 번 절하고 말했다.

"어디 사는 부인이신데 이런 험한 곳에 왔습니까?"

부인이 말했다.

"어디 계시는 스님인지 모르나 얼마 남지 않은 쇠잔한 목숨을 구해주십시오."

부인은 전후사정을 말하고 목숨을 구해달라고 간청했다. 그 여승이 나와서 말했다.

"부인의 모습을 보니 참으로 딱하고 가엾습니다. 소승은 고소대姑蘇臺에 있는 일봉암이라는 암자에 거처하고 있습니다. 한산사寒山寺에 가서 곡식을 싣고 오는 길에 처량한 통곡 소리가 들려 연유를 묻고자 배를 강변에 매어놓고 찾아왔습니다. 소승을 따라오시어 급한 위험을 피하도록 하시지요."

여승은 부인에게 배에 오르라고 재촉했다. 부인은 고마워하며 춘랑과 양윤을 데리고 배에 올라탔다.

이때 맹길이 잠에서 깨어 침방에 들어갔다. 그러나 부인과 춘랑, 양윤이 간 곳이 없는 것을 보고는 분을 이기지 못해 부하들을 거느리고 두루 찾아보았다. 문득 강 위를 바라보니, 여승과 여인 세 명이 배에 앉아 있었다. 맹길은 크게 소리 지르며 부하들을 재촉해 뒤쫓아갔다. 여승이 배를 빠르게 저어 갔는데, 그 빠르기가 마치 화살과 같았다. 맹길이 바라보다가 어찌할 수 없자 탄식만 하고 돌아갔다.

이때 여승이 배를 성경문聖敬門 밖에 대고 내리라고 했다. 부인이 배에서 내려 여승을 따라 고소대로 올라가자, 경치가 수려하고 화초가 만발한데 온갖 동물의 슬피 우는 소리가 사람의 마음을 울적하게 했다. 부인은 겨우 걸음을 옮겨 승당僧堂으로 올라가서 여러 승려에게 절하고 앉았다. 그중 한 노승이 물었다.

"부인은 어디 사시는데, 무슨 일로 이 산속에 들어오셨습니까?"

부인이 대답했다.

"저는 형주 땅에 사는데, 병란兵亂을 피해 정처 없이 가다가 천행으로 스님을 만나 이곳까지 왔습니다. 스님께 의탁해 삭발하고 중이 되어 후생後生, 죽은 뒤의 생애 길이나 닦고자 합니다."

노승이 그 말을 듣고 말했다.

"소승에게 상좌上佐, 승려가 되기 위해 출가한 사람으로 아직 계를 받지 못한 사람가 없으니 부인의 소원이 그렇다면 원하는 대로 하십시오."

부인은 즉시 깨끗이 목욕하고 몸가짐을 가다듬고 삭발했다. 부인은 노승의 상좌가 되고, 춘랑과 양윤은 부인의 상좌가 되었다. 이날부터 부처 앞에서 '시랑과 계월을 보게 하옵소서'라고 소원을 빌며 세월을 보냈다.

여공의 구원으로 살아나고, 보국과 함께 교육을 받다

한편 계월은 강물에 떠내려가며 울부짖었다.

"나는 이미 죽을 것이지만 어머니는 아무쪼록 목숨을 보존해 아버지를 만나시거든 계월이 죽은 줄이나 알게 하십시오."

계월은 슬피 울며 떠내려갔다. 이때 무릉촌에 사는 여공이라는 사람이 배를 타고 서촉으로 가다가 강 위를 바라보니, 어떤 사람이 이불에 싸여 떠내려가며 우는 소리가 들렸다. 그곳에 도착해 배를 대고 이불을 건져보니 어린아이였다. 그 아이의 모습을 보니 인물이 준수하고 아름답지만 정신을 차리지 못했다. 여공이 약을 먹이자, 이윽고 깨어나며 아이가 어미를 부르는데, 그 소리를 차마 들을 수가 없었다.

여공이 그 아이를 배에 태우고 집으로 돌아와 물었다.

"너는 어떤 아이이기에 만경창파에서 이렇게 모진 일을 당했느냐?"

계월이 울며 말했다.

"어머니와 함께 가던 중에 어떤 사람이 어머니를 동여매고 나는 이불에 싸서 물에 던져 여기까지 오게 되었습니다."

여공이 그 말을 듣고 마음속으로 '분명 도적을 만났구나' 생각하고 다시 물었다.

"네 나이가 몇이고, 이름은 무엇이냐?"

계월이 대답했다.

"제 나이는 다섯 살이고, 이름은 계월이라 합니다."

여공이 또 물었다.

"네 부친의 이름은 무엇이며, 살던 곳은 어디냐?"

계월이 또한 대답했다.

"아버지 이름은 모릅니다만, 남들이 부르기를 홍시랑이라 하고, 살던 곳은 모릅니다."

여공은 생각했다.

'홍시랑이라니 분명 양반의 자식이구나. 이 아이 나이가 내 아들과 동갑이고, 또한 얼굴이 비범하게 생겼으니, 잘 키우면 훗날 영화를 볼 것이다.'

여공은 아이를 친자식같이 여겼다. 그의 아들 보국輔國 또한 생김새가 비범하고 재주가 뛰어났으며 슬기로웠다. 보국은 계월을 보고 반가워하며 친동생같이 대했다.

세월이 물과 같이 흘러 두 아이는 어느덧 일곱 살이 되었다. 하는 일마다 뛰어나 칭찬하지 않는 이가 없었다. 여공은 강호 땅에 곽도사가 있다는 말을 듣고, 아이들에게 글을 가르치기 위해 두 아이를 데리고 강호 지방으로 갔다. 도사가 초당에 앉아 있기에 여공은 들어가 예를 마친 뒤 말했다.

"저는 무릉포에 사는 여공이라 합니다. 늙어서야 자식을 두었는데 아이들이 영민하니 도사의 가르침을 받아 사람을 만들고자 하여 찾아왔습니다."

도사가 말했다.

"아이를 부르라."

여공이 두 아이를 불러 보이자, 도사는 잠시 바라보다가 말했다.

"아이들의 얼굴을 보니, 형제가 아닌 것이 분명한데 정말 그러한가? 속이지 말게."

여공이 그 말을 듣고 말했다.

"선생께서는 사람을 알아보시는 능력이 귀신같습니다."

도사가 말했다.

"내가 이 아이들을 잘 가르쳐 이름을 역사에 빛나게 할 것이다."

여공은 하직하고 돌아왔다.

벽파도로 귀양 간 아버지

한편 홍시랑은 산속에 몸을 감추고 있었다. 도적이 그 산속으로 들어와 백성의 재물을 노략하고 사람을 붙들어 도적으로 삼았는데, 마침 홍시랑을 잡았다. 홍시랑의 사람됨이 비범해 차마 죽이지 못하고, 다른 도적들과 의논했다.

"이 사람을 우리 무리에 두는 것이 어떠한가?"

모든 도적이 기꺼이 그렇게 하자고 대답했다. 장사랑이 즉시 홍시랑을 불러 말했다.

"우리와 함께 마음을 합쳐 모의하여 황성을 치자."

홍시랑이 생각했다.

'만일 듣지 아니하면 죽임을 면치 못할 것이다.'

홍시랑은 마지못해 거짓으로 항복하는 체하고 함께 황성으로 향했다.

이때 천자는 유승상을 대원수로 삼아 군사를 거느리고 임치 땅에서 도적을 격파한 뒤 장사랑을 잡아 앞세우고 황성으로 갔는데, 홍시랑도 무리 중에 있다가 잡혀왔다. 천자가 장원각에 앉아서 적당들의 범죄 행위를 다 들춘 후 목을 베라 명령해 홍시랑도 죽게 되었다. 그때 홍시랑이 크게 소리치며 말했다.

"저는 난을 피해 산속에 숨어 있다가 도적에게 잡혔습니다."

홍시랑은 천자에게 처음부터 끝까지 사정을 모두 아뢰었다. 이때 양주자사였던 정덕희가 이 말을 듣고 엎드려 아뢰었다.

"저 죄인은 시랑 벼슬을 했던 홍무입니다."

천자가 그 말을 듣고, 자세히 보며 말했다.

"너는 일찍이 벼슬한 자가 아닌가? 차라리 죽을 것이지 어찌하여 도적의 무리에 들어갔느냐? 죄를 따지자면 죽여야 하지만, 옛일을 생각해 멀리 귀양 보낼 것이다."

천자는 율관律官, 형률을 다스리는 율과에 급제해 임명된 벼슬아치에게 명하여 즉시 홍시랑을 벽파도로 귀양 보냈다. 벽파도까지의 거리가 일만 팔천 리였다. 시랑이 고향에 돌아가 부인과 계월을 보지 못하고 만리타국으로 귀양을 가니, 이런 팔자가 어디 있단 말인가? 홍시랑이 슬퍼 통곡하니, 보는 사람마다 슬퍼하지 않는 이가 없었다.

홍시랑은 길을 떠난 지 여덟 달 만에 벽파도에 다다랐다. 벽파도는 오나라와 초나라 사이에 있어 원래 인적이 없는 곳이었다. 이곳에 홍시랑을 귀양 보낸 까닭은 굶어 죽게 하기 위해서였다. 율관이 홍시랑을 그곳에 두고 돌아가자, 홍시랑은 천지가 아득하여 밤낮으로 울고 다녔다. 굶주림과 목마름을 견디지 못해 물가로 다니며 죽은 고기와 바위에 붙은 굴을 주워 먹고 세월을 보냈다. 의복은 남루해 모습이 괴이하고 몸에는 털이 텁수룩해, 마치 짐승과 다름없었다.

어머니, 아버지를 다시 만나다

이때 양부인은 춘랑과 양윤을 데리고 산속에서 지내며 눈물로 세월을 보냈다. 하루는 부인이 꿈을 꾸었는데, 한 스님이 육환장六環杖, 고리가 여섯 개 달린 지팡이을 짚고 앞에 와서 절하며 말했다.

"부인은 무정한 산속에서 풍경만 보며 시랑과 계월을 찾고 계신 건 아닙니까? 지금 시랑이 섬에서 지내며 부인과 계월만 생각하다가 뼛속까지 병이 들었으니 얼른 가십시오. 벽파도가 어디인지 물어 찾아가시어 그곳에 있는 사람에게 고향 소식을 물으면 시랑을 만날 것입니다."

말을 마치자마자, 그 승려는 온데간데없이 사라졌다. 부인이 꿈에서 깨어 매우 놀라 양윤과 춘랑을 불러 꿈 이야기를 했다.

"가다가 길 위에서 외로운 넋이 될지라도 가야겠다."

부인은 곧 떠날 채비를 차려 노승께 하직 인사를 하며 말했다.

"제가 만리타국에 와서 스님의 은혜를 입어 삼 년을 지냈으니, 그 은혜는 죽어서 백골이 되어도 잊을 수가 없습니다. 그러나 간밤의 꿈이 이와 같으니, 이는 부처님께서 인도하신 듯합니다. 이제 작별 인사를 올립니다."

부인이 눈물을 떨어뜨리며 아뢰자, 노승 또한 눈물을 흘리면서 말했다.

"나도 부인을 만난 후로 온갖 일을 부인에게 부탁했는데, 지금 이렇게 이별하게 되니 슬픈 마음을 앞으로 어찌하면 좋단 말이오?"

노승은 은자銀子가 든 주머니 하나를 주며 덧붙였다.

"이것으로 정을 표하니, 어려울 때 쓰십시오."

부인이 고맙게 받아 양윤에게 주었다. 부인이 하직 인사를 마치고 사문을 떠날 때, 노승을 비롯한 여러 승려가 따라 나와 서로 눈물을 흘리며 이별의 정을 나누고 몹시 슬퍼했다. 부인이 춘랑과 양윤을 데리고 동쪽을 향해 내려올 때, 천봉千峰이 앞에 펼쳐져 있고 초목은 울창한데 무심한 두견새 소리가 사람의 마음속에 근심이 일어나게 했다. 눈물을 그치지 못하고 어디로 가야 할지 몰라 한 걸음 한 걸음 더듬으며 나아가 한 곳을 바라보니 북쪽에 좁은 길이 있었다. 그 길로 가보니 앞에 큰 강이 가로막혀 있고, 위쪽으로 누각이 있는데, 다가가서 보니 현판에 악양루라고 쓰여 있었다.

사방을 살펴보니, 동정호洞庭湖 칠백 리가 눈앞에 둘러 있고, 무산巫山 십이봉이 구름 속에 솟아 있었다. 각양각색의 풍경을 이루 다 헤아릴 수 없을 정도였다. 부인이 서글픈 마음을 이기지 못해 한숨을 짓고, 또 한 곳에 다다르니 큰 다리가 있었다. 그곳에 있던 사람에게 물으니 장판교라 했다.

부인이 물었다.

"이곳에서 황성까지 얼마나 됩니까?"

그 사람이 대답했다.

"일만 팔천 리입니다. 저 다리를 건너 백 리만 가면 옥문관이 있으니, 그곳에 가서 물으면 자세히 알려줄 것입니다."

부인이 거듭 물었다.

"벽파도라는 섬이 이 근처에 있습니까?"
그가 대답했다.
"그것은 잘 모릅니다."
할 수 없이 옥문관을 찾아가 한 사람을 만나 물으니, 그 사람이 벽파도를 알려주었다. 그 섬을 찾아가며 살펴보니, 물길로는 멀지 않으나 건너갈 방법이 없어 정신이 멍해졌다. 물가에 앉아서 바라보니 바위 위에 한 사람이 앉아 고기를 낚고 있었다. 양윤이 나아가서 인사한 뒤 물었다.
"저 섬은 무슨 섬이라 합니까?"
늙은 어부가 대답했다.
"그 섬은 벽파도라 합니다."
양윤은 또 물었다.
"그곳에 인가가 있습니까?"
늙은 어부가 말했다.
"예로부터 인적이 없었는데, 몇 년 전 형주 땅에서 귀양 온 사람이 있습니다. 초목으로 울타리를 짓고 짐승들을 벗삼아 지내는데 그 모습이 참혹하더이다."
양윤이 돌아와 부인께 고하자, 부인이 말했다.
"귀양 왔다는 사람이 형주 사람이라 하니, 시랑의 생사를 알 수 있을 것이다."
그 섬을 바라보자 홀연히 강 위에서 작은 배가 다가왔다. 양윤이 배를 향해 부탁했다.
"우리는 고소대 일봉암에 사는 중입니다. 벽파도로 건너가려 했으나 건너지 못하고 이곳에 앉아 있었는데, 천만다행으로 그대를 만났습니다. 바라건대 잠깐 수고해주시지요."
양윤이 애걸하자, 사공이 배를 대고는 오르라 했다. 양윤과 춘랑이 부인을 모시고 배에 오르자, 사공은 순식간에 도착해 내리라 했다. 거듭 절하며 고맙다는 뜻을 표하고 배에서 내려 벽파도로 가면서 살펴보니, 수목이 하늘에 퍼져 가득하고 인적이 전혀 없었다.

강가로 다니며 두루 살펴보니, 문득 어느 골짜기에 의복이 남루하고 온몸에 털이 돋아, 보기에 참혹한 사람이 강변으로 다니며 고기를 주워 먹다가 골짜기로 들어갔다. 양윤이 그 사람을 따라가보니, 어느 초막으로 들어갔다. 양윤이 큰 소리로 말했다.

"상공은 조금도 놀라지 마십시오."

홍시랑이 그 말을 듣고 초막 밖으로 나서며 말했다.

"이 험한 곳에 날 찾아올 사람이 없거늘, 스님은 무슨 말을 물으시려고 저를 찾으십니까?"

양윤이 말했다.

"소승은 고소대 일봉암에 있다가 왔는데, 간곡히 여쭤볼 일이 있어서 상공을 찾아왔습니다."

홍시랑이 말했다.

"무슨 말씀을 묻고자 하십니까?"

양윤이 엎드려 말했다.

"소승의 고향은 형주 구계촌인데, 장사랑의 난을 만나 피란했습니다. 전날 들으니 상공이 형주에서 이 섬으로 귀양 왔다고 하기에 고향 소식을 물어보려고 왔습니다."

홍시랑이 이 말을 듣자 눈물을 흘리며 말했다.

"형주 구계촌에서 살았다고요? 뉘 집에 있었습니까?"

양윤이 대답했다.

"소승은 홍시랑 댁 시비 양윤이라 하는데, 부인을 모시고 왔습니다."

홍시랑이 이 말을 듣고 미친 듯 취한 듯 정신없이 달려들어, 양윤의 손을 잡고 대성통곡했다.

"양윤아, 나를 모르느냐? 내가 바로 홍시랑이다."

양윤은 홍시랑이라는 말을 듣는 순간 기절했다가 겨우 정신을 차리고 울먹였다.

"지금 강변에 부인이 앉아 계십니다."

홍시랑이 그 말을 듣고 한편으로는 기뻐하고 한편으로는 슬퍼하여, 하늘을 향해 울부짖으며 강변으로 서둘러 나갔다. 부인이 울음소리를 듣고 눈을 들어보니 털이 무성하여 마치 곰같이 생긴 사람이 가슴을 두드리며 부인을 향해 왔다. 부인이 보고는 그를 미친 사람으로 알고 도망치자 홍시랑이 말했다.

"부인은 놀라지 마시오. 내가 바로 홍시랑이오."

부인이 남편인 줄 모르고 겁나서 고깔을 벗어 들고 달아나자 양윤이 외쳤다.

"부인, 달아나지 마십시오. 홍시랑이십니다."

부인은 양윤의 소리를 듣고 허둥지둥 앉았다. 홍시랑이 울며 달려와 말했다.

"부인은 왜 그렇게 의심합니까? 나는 계월의 아비 홍시랑이오."

부인이 듣고도 정신을 차리지 못해 서로 붙들고 통곡하다가 기절했다. 양윤 또한 통곡하며 위로했다. 그 가엾은 모습을 차마 볼 수 없었다.

춘랑은 외로운 사람인지라 혼자 앉아 슬피 울었다. 그 모습이 또한 참혹했다. 홍시랑이 부인을 붙들고 초막으로 돌아와 마음을 진정하고서는 물었다.

"저 부인은 누구요?"

부인이 탄식했다.

"피란하여 가다가 수적 맹길을 만나 계월은 물에 빠져 죽고 도적에게 잡혀갔는데, 저 춘랑의 도움으로 그날 밤에 도망쳤습니다……"

부인이 고소대 암자로 가서 중이 된 일이며, 부처님이 꿈에 나타나 벽파도로 가라고 하신 일 등 자초지종을 다 고하자, 홍시랑은 계월이 죽었다는 말을 듣고 기절했다가 겨우 정신을 차렸다.

"나도 그때 정사도 집에서 돌아오다가 도적 장사랑에게 잡혀 진중에 있었소. 천자께서 도적의 무리를 잡으실 때 도적과 함께 잡혔는데, 내가 도적들과 한 패거리가 되었다 하시고……"

홍시랑은 이곳으로 귀양 오게 된 사정을 다 말하고 춘랑 앞에 나아가 절하고 감사드렸다.

"부인이 구해주신 은혜는 죽어도 갚을 길이 없습니다."

홍시랑은 춘랑에게 거듭거듭 고마워했다. 이때 부인이 노승이 준 은자銀子를 사공에게 주고 양식을 사서 끼니를 이을 수 있었다. 하지만 계월을 생각하며 울지 않는 날이 없었다.

평국은 장원급제 보국은 부장원

계월은 보국과 함께 글을 배웠는데, 한 자를 가르치면 열 자를 알고 하는 행동이 비상해 도사가 칭찬했다.

"하늘이 너를 내리신 것은 황제를 위함이라. 어찌 천하를 근심하리오?"

용병술用兵術과 온갖 술법을 가르치니, 검술과 지략이 당대에 이길 자가 없었다. 계월은 자신의 이름을 평국이라 했다. 세월이 흐르는 물과 같아 어느덧 두 아이의 나이 열세 살이 되었다. 도사가 두 아이를 불러 말했다.

"용병술은 다 배웠으니, 이제 바람과 비를 부리는 술법을 배워라."

그러고는 책을 한 권씩 주었다. 그 책은 전무후무한 술법을 기록한 것이었다. 평국과 보국은 밤낮을 가리지 않고 배웠는데, 평국은 삼 개월 만에 배웠으나, 보국은 일 년을 배워도 통달하지 못했다.

도사가 말했다.

"평국의 재주는 이 세상에서 으뜸이다."

이제 두 아이의 나이 열다섯 살이 되었다. 나라가 태평해 백성들이 격양가를 불렀다. 천자가 어진 신하를 얻고자 전국에 공문을 보내 과거를 실시한다고 알리자, 도사가 이 소식을 듣고 즉시 평국과 보국을 불러 말했다.

"지금 황성에서 과거를 실시한다 하니, 부디 역사에 이름을 빛내거라."

도사가 여공을 청해 말했다.

"이 두 아이에게 과거 보러 갈 채비를 차려주라."

여공은 즉시 행장을 차려주고 천리준마 두 필과 하인을 정해주었다. 두 아이가 하직하고 길을 떠나 황성에 도착하니, 전국의 선비가 구름 모이듯 했다.

이윽고 과거 날이 닥쳐 평국과 보국이 대명전으로 들어가니, 천자가 앉아 계시고, 글제가 높이 걸려 있었다. 평국은 단숨에 글을 죽 써내려갔다. 그 필체가 용이 살아 움직이는 것같이 아주 활기 있었다. 평국이 제일 먼저 글장을 바치고, 보국이 두번째로 글을 지어 바치고는 주인집에 돌아와 쉬고 있었다. 이때 천자가 글을 보시고 좌우를 돌아보며 말했다.

"이 글을 보니 그 재주를 잘 알겠도다."

과거에 합격한 사람의 이름을 적은 봉투를 열어보니, 평국과 보국의 이름이 쓰여 있었다. 평국은 장원이고 보국은 부장원이었다. 황경문에 방을 붙여 호명하니 노복이 문밖에 대기하고 있다가 얼른 돌아와서 아뢰었다.

"도련님 두 분이 지금 과거에 급제하여 바삐 부르시니 얼른 들어가십시오."

평국과 보국이 매우 기뻐하며 급히 황경문으로 들어가 옥계玉階 아래 엎드리자, 천자가 두 사람의 손을 잡고 칭찬했다.

"너희를 보니 충성심이 있고, 두 눈썹 사이에 천지조화가 있으며, 말

소리가 옥을 깨는 듯하니, 천하에 영민하고 준수한 인재로다. 짐이 이제는 천하를 근심하지 않을 것이니, 마음과 힘을 다해 짐을 도우라."

천자가 평국은 한림학사로, 보국은 부제후로 임명하시고, 유지有旨, 왕의 명령서와 어사화를 내리셨다. 그리고 천리준총마 한 필씩을 상으로 내려주었다. 한림학사와 부제후가 임금의 은혜에 감사하며 공손히 절을 올리고 나오니, 하인들이 문밖에서 기다리고 있다가 그들을 맞이해 호위했다. 붉은색 도포에 옥으로 장식한 띠를 두르고 파란 깃발과 붉은 깃발을 받쳐 햇빛을 가렸다. 앞에서는 어전풍류御前風流, 임금 앞에서 베푸는 풍류가 쌍옥저를 불고, 뒤에서는 태학관 풍류의 금의화동錦衣花童, 비단옷 차림의 무용수이 마치 꽃밭처럼 장안 대로에 뚜렷이 등장했다.

구경꾼들이 칭찬했다.

"하늘에서 선관仙官이 하강했다."

삼일유가三日遊街, 과거 급제자가 사흘 동안 시험관과 선배 급제자와 친척을 방문하던 일 한 뒤 한림원에 들어가 명현동 선생 댁과 무릉포 여공 댁에 기별을 전했다. 평국이 눈물을 흘리며 말했다.

"그대는 부모 양친이 계시니 영화를 보겠지만, 나는 부모 없는 사람으로 어찌 영화를 보겠소?"

그가 슬피 우니 보는 사람이 누가 눈물을 흘리지 않겠는가?

이때 한림 평국과 부제후 보국은 황제 앞에 나아가 부모에게 영화를 얻었다는 말을 하러 가겠다고 아뢰니 천자가 말했다.

"그대들은 짐의 수족이니, 즉시 돌아와 짐을 돕도록 하라."

평국과 보국이 하직 인사를 올리고 집으로 돌아오는 길에는 고을마다 이들을 공경하며 맞이하고 공손히 전송했다. 여러 날 만에 무릉포에 도달해 여공 부부를 뵈니, 그 즐거움을 이루 다 헤아릴 수 없었다. 보는 사람마다 칭찬하지 않는 사람이 없었다. 보국은 얼굴에 기쁨이 가득하나, 평국은 기쁜 기색이 없고 얼굴에는 눈물 흘린 흔적이 마르지 않았다. 이에 여공이 위로했다.

"하늘의 운수가 아닌 것이 없으니 예전 일을 너무 서러워 마라. 하늘이 도우셔서 나중에 다시 부모를 만나 영화를 볼 텐데 어찌 서러워하느냐."

평국이 엎드려 울먹였다.

"물에 빠져 외로운 혼이 되어 죽을 뻔한 몸을 건져주시어 이처럼 귀하게 되었으니 키워주신 은혜는 죽어 백골이 되어도 잊을 수 없고, 갚을 수도 없습니다."

여공과 여러 사람이 칭찬해 마지않았다.

이튿날 명현동으로 가서 도사를 뵈었다. 도사는 매우 기뻐하며, 평국과 보국을 앞에 앉히고 먼 길에 영화롭게 돌아온 것을 칭찬했다. 그리고 예로부터 지금까지 대대로 내려오는 역사와 나라를 섬기는 일을 들며 앞으로 경계하라고 했다.

서달의 난에 평국과 보국이 출전하다

하루는 도사가 천기를 살펴보니, 북방의 도적이 강성해 주성主星과 모든 익성翼星이 자미성紫微星, 큰곰자리 부근에 있는 자미원의 별 이름. 중국에서는 황제에 비유됨을 두르고 있어 깜짝 놀라 평국과 보국을 불러 천문天文을 일렀다.

"빨리 올라가서 위태로우신 천자를 구하라."

도사가 밀봉한 편지를 평국에게 주며 말했다.

"전쟁터에 나갔다가 만일 죽을 위기에 처하거든 이 편지를 뜯어보라."

도사가 빨리 가라고 재촉하자 평국이 눈물을 흘리며 말했다.

"선생께서 사랑으로 가르치신 은혜는 백골난망이오나 잃어버린 부모를 어디에 가야 찾을 수 있겠습니까? 원컨대 선생께서 명백히 가르쳐주십시오."

도사가 말했다.

"천기를 누설할 수 없으니, 다시는 묻지 마라."

이에 평국은 더이상 묻지 못했다. 두 사람은 하직 인사를 한 뒤 필마匹馬, 데리고 가는 사람 없이 혼자서 말을 타고 감로 밤낮을 가리지 않고 달려 황성으로 올라갔다.

이때 옥문관을 지키는 김경담이 장계狀啓, 지방 관리가 그 지방의 중요한 일을 왕에게 보고하던 문서를 올렸는데, 천자가 즉시 그 문서를 뜯어보았다.

서관과 서달이 비사장군 악대와 비룡장군 철통골 두 장수를 선봉으로 삼고 군사 십만과 장수 천여 명을 거느리고 북주 칠십여 성을 항복시키고, 자사刺史, 각 주州에 둔 으뜸 벼슬 양기덕을 베고, 황성을 침범하려 합니다. 소장의 힘으로는 당해낼 수 없으니, 원컨대 황상께서는 어진 장수를 보내 도적을 막아주십시오.

천자가 보고는 깜짝 놀라 신하들을 돌아보며 말했다.

"경들은 바삐 대원수 한림을 청해 도적을 방비할 묘책을 의논하라."

천자가 눈물을 흘리자, 모든 신하가 아뢰었다.

"평국이 비록 나이는 어리지만 천지조화를 마음속에 품은 듯하니, 이 사람을 도원수로 정해 도적을 방비하는 것이 좋겠습니다."

천자가 매우 기뻐하며 즉시 사관辭官, 임금의 명령을 전달하는 일을 맡아보던 벼슬아치을 보내라고 할 즈음, 황경문 수문장이 급히 아뢰었다.

"한림학사와 부제후가 문밖에 대령했습니다."

천자가 듣고 명령을 내렸다.

"빨리 대궐로 들어와 나를 보라."

이에 평국과 보국이 재빨리 옥계 아래 엎드렸다. 천자가 친히 보고 말했다.

"짐이 어질지 못해 도적이 강성하여 북주 칠십여 성을 치고 황성을 침범하려 하니, 놀랍도다. 여러 신하가 경들을 천거했도다. 마침 사관을 보내 부르려고 했는데, 하늘의 도우심으로 경들이 뜻밖에 빨리 왔으니 이제 나라와 조정을 지킬지어다. 극진한 충성으로 임해 짐의 근심을 덜고 도탄에 빠진 백성을 구하라."

평국과 보국이 엎드려 아뢰었다.

"저희의 재주가 얕고 짧습니다만, 한번 북을 쳐서 도적을 격파해 폐하의 성스러운 은혜를 만분의 일이나마 갚고자 합니다. 폐하께서는 염려하지 마십시오."

천자가 매우 기뻐하며 평국에게는 대원수를 내려주고 보국에게는 대사마 중군장을 내려주며 장수 천여 명과 팔십만 군사를 주시면서 물었다.

"이 장수와 군졸들을 어떻게 지휘할 것인가?"

대원수 평국이 아뢰었다.

"마음속에 다 정했습니다. 행군하는 동안 각각의 임무를 정해주고자 합니다."

즉시 장수 천여 명과 군사 팔십만을 모아 계축癸丑 갑자일甲子日에 출발했다. 홍원수는 순금 투구를 쓰고, 흰 도포와 은으로 된 갑옷을 입고, 허리에 보배로운 활과 비룡飛龍 화살을 차고, 왼손에는 산호 채찍과 오른손에는 수기手旗, 장수가 손에 들어 그 직책을 표시하던 깃발를 들어, 군졸들을 호령해 지휘하니 위풍이 엄숙했다.

천자가 매우 기뻐하며 말했다.

"원수의 용병술이 이러하니 어찌 도적을 걱정하겠는가?"

천자가 대장기에 손수 '한림학사 겸 대원수 홍평국'이라 쓰고, 칭찬해 마지않았다.

홍원수가 행군할 때 기치창검旗幟槍劍, 군대에서 쓰던 깃발, 창, 칼 따위이 해와 달을 희롱하고, 북을 치고 나발을 불며 아우성치는 소리가 산천을 진동해, 그 위엄이 백 리 밖까지 떨쳤다. 장군과 군사들을 재촉해 옥문관으로 향할 때, 천자가 홍원수의 행군을 구경하기 위해 신하들을 거느리고 거둥하여 진 밖에 도달했으나 수문장이 진문을 굳게 닫았다. 이에 맨 앞에

선 장수가 외쳤다.

"천자께서 이곳에 거둥하셨으니 진문을 빨리 열어라."

수문장이 말했다.

"군중의 문은 장군의 진영입니다. 대원수께서 천자의 조서詔書를 보지 못했다고 하니, 대원수의 명령 없이 어찌 문을 열겠습니까?"

천자의 조서를 전하자, 홍원수는 천자께서 오신 줄 알고 진문을 크게 열고 천자를 맞이했다. 그때 수문장이 아뢰었다.

"진중에서는 말을 달리지 못합니다."

천자가 혼자 몸으로 장대將臺, 장수가 올라서서 명령·지휘하던 대 아래 이르니, 홍원수가 즉시 장대에서 내려가 예를 갖추어 인사하고 말했다.

"갑옷 입은 군사는 절을 못 합니다."

천자가 칭찬하고 좌우를 돌아보며 말했다.

"홍원수의 진법이 옛날 주아부周亞夫, 한나라 경제 때 오나라와 초나라 등 일곱 제후국이 연합해 일으킨 반란을 진압한 인물를 본받았으니 무슨 염려가 있겠는가?"

천자가 백모白旄, 털이 긴 쇠꼬리를 장대 끝에 매달아 놓은 기와 황월黃鉞, 황금으로 장식한 도끼과 인검引劍, 임금이 병마를 통솔하는 장수에게 주던 검을 주니, 군사들이 더욱 엄숙해졌다. 천자는 먼 길에 공을 세우고 돌아오라 당부하고 궁으로 돌아갔다.

홍원수는 행군한 지 삼 개월 만에 옥문관에 이르렀다. 수문장 석탐이 황성에서 대군이 온 줄 알고 매우 기뻐하며 성문을 열고 홍원수를 맞이했다. 홍원수가 모든 장수의 군례軍禮를 받는데 군중이 엄숙했다. 홍원수가 석탐을 불러 도적들의 형세를 물으니, 석탐이 대답했다.

"도적의 형세가 철통같습니다."

이튿날 출발해 벽원에 다다라 진을 치고 적진을 바라보았다. 평원 광야의 살기가 하늘을 찌르고, 깃발과 칼과 창이 햇빛을 무색케 했다. 홍원수가 적진을 바라보고 앉아 군중에 호령했다.

"명령을 어기는 자가 있으면, 군법을 시행할 것이다."
두려워하지 않는 장졸이 없었다.

평국의 활약

이튿날 이른 아침에 홍원수가 순금 투구에 흰 구름 무늬 갑옷을 입고, 삼 척이나 되는 긴 칼을 들고, 준총마 위에 반듯이 앉아, 진문을 활짝 열고 나서며 호령했다.

"적장은 들어라. 천자의 성스러운 덕이 어지셔서 천하 백성이 격양가를 부르며 만세를 부르거늘, 네놈들이 반역의 마음을 품고 황성을 침범하려 하니, 천자께서 나에게 백성을 구하라고 명령하셨다. 너희는 목을 늘여 내 칼을 받아라. 만약 두렵거든 빨리 와서 항복하라."

그 소리가 마치 태산이 움직이는 듯했다. 적진 중에서 비사장군 악대가 이 말을 듣고 크게 분노하여, 홀로 말을 타고 진문 밖으로 나서며 외쳤다.

"입에서 아직 젖내가 나는 어린놈이 어찌 나를 대적하겠다는 것이냐? 너는 내 칼을 받아라."

악대가 달려들자, 홍원수가 웃고는 장검을 높이 들고 말을 채찍질해 달려가서 십여 합을 겨루었지만 승부를 가리지 못했다. 서달이 장대에서 보니, 악대의 칼 빛이 점점 흐릿해지고, 평국의 검광이 노송老松 속에서 번개같이 더욱 번쩍거리기에 급히 쟁을 쳐서 군사를 거둬들였다. 홍원수가 분노를 머금고 본진本陣으로 돌아오자 모든 군졸이 홍원수를 칭찬했다.

"홍원수의 변화술과 좌충우돌하는 술법은 마치 봄날 삼월 버드나무 가지가 바람 앞에서 노니는 듯, 가을날 구월 초승달이 검은 구름을 헤치는 듯했습니다."

이때 중군장 보국이 아뢰었다.

"내일은 제가 나가 악대의 머리를 베어 원수의 휘하에 올리겠습니다."

홍원수가 이 말을 듣고 말렸다.

"악대는 범상치 않은 장수니, 중군장은 물러나 있어라."

보국이 끝내 듣지 않고 간청하자, 홍원수가 말했다.

"중군장이 자청해 공을 세우고자 하나, 만일 뜻대로 되지 못하면 군법을 시행할 것이다."

보국이 말했다.

"그리하십시오."

홍원수가 말했다.

"군대는 사정私情을 보지 않으니, 군율軍律로 다짐하라."

보국이 투구를 벗고 다짐했다.

이튿날 이른 아침에 보국이 갑옷과 투구를 갖추고 용총마 위에 올라앉자, 홍원수는 친히 북채를 들고 말했다.

"만일 위태로우면 쟁을 칠 테니, 후퇴하라."

보국이 진문 밖으로 나서며 호령했다.

"어제는 우리 홍원수께서 너희를 베려다 불쌍히 여겨 그냥 돌아왔으나 오늘은 내게 너희를 베라고 하셨으니, 빨리 나와 내 칼을 받아라."

적장이 크게 분노해 정서장군 무길에게 명령을 내렸다.

"보국의 머리를 베어오라."

무길이 명령을 듣자마자 창을 겨누어 들고 말을 타고 나와 서로 싸웠으나, 두어 합을 채 겨루지 못해 보국의 칼이 빛나며 무길의 머리가 말 아래로 떨어졌다. 보국이 칼끝에 무길의 머리통을 꿰어 들고 크게 외쳤다.

"적장은 애매한 장수만 죽이지 말고 빨리 나와 항복하라."

총서장군 충관이 무길이 죽는 것을 보고 급히 달려나왔다. 그러나 삼십여 합을 겨루다 충관이 거짓으로 패한 척하며 본진으로 달아났다. 보국이 이긴 줄 알고 뒤쫓아가는데, 적진이 느닷없이 고함을 치며 보국을 둘러쌌다. 보국이 천여 겹으로 둘러싸여 할 수 없이 죽게 되자, 수기手旗를 높이 들고 홍원수를 향해 탄식했다. 이때 홍원수가 보국이 위기에 빠진 것을 보고, 북채를 던지고 준총마를 급히 몰며 크게 외쳤다.

"적장은 나의 중군장을 해치지 마라."

홍원수가 수많은 적진 속으로 고함치고 좌충우돌하며 들어가자, 적진의 장졸들이 마치 물결이 흩어지듯 했다. 홍원수가 보국을 옆에 낀 채, 적장 오십여 명을 한칼로 베고, 무리 속에서 거리낌없이 헤젓고 다녔다.

서달이 악대를 돌아보며 말했다.

"평국이 하나인 줄 알았는데, 지금 보니 수십도 넘는 것 같구나."

악대가 말했다.

"대왕께서는 근심치 마십시오."

서달이 말했다.

"누가 능히 당하겠느냐? 죽은 병사의 수를 이루 다 헤아리지 못하겠구나."

이때 홍원수가 보국을 구해서 본진으로 돌아와 장대에 높이 앉아 보국을 장대 앞에 꿇리고 말했다.

"중군장은 들어라. 내가 말렸으나, 그대는 자원해 죽기를 맹세하고 출전했다. 결국 적장의 꾀에 빠져 대국에 수치스러움을 끼쳤도다. 내가 구하지 않고 더러운 도적의 손에 죽게 놔둘 수도 있었지만, 그보다는 내가 군법으로 죽여 장수들에게 본을 보이고자 한다. 그대는 죽게 된 것을 서러워하지 마라."

홍원수가 무사에게 호령했다.

"문밖에 내어 베어라."

모든 장수가 일시에 엎드려 머리를 조아리며 말했다.

"중군장의 죄는 군법으로 다스림이 마땅합니다. 그러나 힘을 다해 적장 삼십여 명을 베고 의기양양해 적진을 가볍게 여기다 패한 것입니다. 한 번 승패는 흔히 있는 일입니다. 원컨대 대원수께서는 중군장을 용서해주십시오."

홍원수가 지그시 생각하다가 웃으면서 말했다.

"중군장 그대를 베어 여러 장수에게 본보기로 삼으려 했지만, 장수들의 얼굴을 보아 용서하니, 이후에는 그리하지 마라."

보국이 거듭 절하고 물러갔다.

이튿날 이른 아침에 홍원수가 갑옷과 투구를 갖추어 입고, 말에 올라 칼을 들고 나서며 호령했다.

"어제는 우리 중군장이 패했으나, 오늘은 내가 직접 싸워 너희를 결딴내리라."

홍원수가 점점 나아가자, 적들이 겁을 먹고 어쩔 줄 몰라 했다. 이때 악대가 분을 이기지 못하고 달려들었다. 십여 합에 이르러, 홍원수의 칼이 빛나더니, 순간 악대의 머리가 말 아래로 떨어졌다. 홍원수는 그 머리통을 칼끝에 꿰어 들고, 또 적의 중군장 마하영을 베고, 칼춤을 추며 본진으로 돌아와, 악대의 머리를 함에 넣어 황성으로 올려보냈다.

이때 서달이 악대가 죽는 것을 보고, 하늘을 우러러 통곡하며 말했다.

"이제 악대마저 죽었으니, 누가 평국을 잡을 것인가?"

철통골이 여쭈었다.

"평국을 잡을 계교가 있으니, 근심치 마십시오. 제아무리 용맹하다 하나 이 계교에 빠질 것이니 두고 보십시오."

이날 밤 철통골이 장졸들에게 명령했다.

"군사 삼천씩 거느리고 천문동 어귀에 매복했다가, 평국을 유인해 고을 어귀로 들어오거든 사방에 불을 질러라."

이튿날 이른 아침에 철통골이 갑옷과 투구를 갖추어 입고, 진문 밖으로 나서서 싸움을 걸며 크게 외쳤다.

"명나라 장수 평국은 빨리 나와 내 칼을 받아라."

이에 홍원수가 크게 분노하여 달려들었으나 수십여 합에도 승부를 가리지 못했다. 그때 철통골이 거짓으로 패한 체하여 투구를 벗어 들고 창을 끌고 말머리를 돌려 천문동으로 들어갔다. 홍원수가 쫓아갔지만 날이 이미 저물었다. 홍원수가 적장의 꾐에 빠진 것을 알아채고 말을 돌리려 할 즈음, 사방에서 난데없는 불이 일어나며 불꽃이 하늘 높이 솟아올랐다. 홍원수는 아무리 생각해도 피할 길이 없어서 하늘을 우러러보며 탄식했다.

"나 하나 죽으면 천하 강산이 오랑캐 놈의 세상이 될 것이다. 하물며 잃어버린 부모를 다시 보지 못할 것이니, 어찌하리오."

그때 문득 선생이 주신 편지가 생각나 얼른 뜯어보았다.

> 봉서 속에 부적을 써 넣었으니, 천문동 화재를 만나거든 이 부적을 사방으로 날리고 용자를 세 번 부르거라.

홍원수는 매우 기뻐하며 하늘을 향해 축수祝手하고 부적을 사방으로 날리며 용자를 세 번 불렀다. 이윽고 서풍이 크게 일어나더니, 북쪽에서 검은 구름이 일어나고, 뇌성벽력이 진동하며 소나기가 내려 불꽃이 한 순간에 꺼졌다. 홍원수가 바라보니, 비가 그치고 달이 동쪽 하늘에 걸려 있었다. 본진으로 돌아오며 살펴보니 서달의 십만 병사도 간데없고 명나라 대군도 전혀 보이지 않기에 홍원수는 생각했다.

'서달이 내가 죽은 줄 알고 진을 파해 황성으로 갔구나.'

홍원수는 넓은 모래사장에 홀로 서서 갈 곳을 몰라 탄식했다. 그때 옥문관에서 함성이 들렸다. 홍원수가 말을 채찍질하여 소리 나는 쪽으로 가까이 다가가자, 징소리와 북소리가 진동하며 철통골이 외치는 소리가 들렸다.

"명나라 중군장은 달아나지 말고 내 칼을 받아라. 너희 대원수 평국은 천문동 화재로 죽었으니 네가 어찌 나를 대적하겠느냐?"

홍원수가 이 말을 듣고 크게 화를 내며 외쳤다.

"적장은 내 중군장을 해치지 마라. 천문동 화재로 죽은 평국이 여기 왔다."

홍원수가 번개같이 달려들자, 서달이 철통골을 돌아보며 말했다.

"평국이 죽은 줄 알았더니 이 일을 어찌하면 좋은가?"

철통골이 여쭈었다.

"잽싸게 본진으로 도망쳤다가 다시 병사를 일으키는 것이 좋겠습니다. 이제 아무리 싸우고자 해도 기세가 이미 꺾여 패할 것이니, 바삐 군졸을 거느리고 벽파도로 가시지요."

서달은 장수 삼십여 명을 거느리고 강변으로 나가, 어부의 배를 빼앗아 타고 벽파도로 갔다.

이때 홍원수가 필마 단창으로 미끄러지듯이 쳐들어갔다. 칼 빛이 번개같이 빛나더니, 주검이 언덕을 이루었다. 홍원수가 한칼로 십만 대병을 격파하고 서달 등을 찾으려고 살펴보니, 겨우 살아남아 달아나는 군사들이 울며 말했다.

"서달 너만 살겠다고 도망치고 우리는 외로운 혼이 되라는 거냐?"

적병들이 슬피 우는데, 오히려 불쌍하고 가여워 보였다.

홍원수가 서달 등을 찾으려 할 때, 문득 옥문관 쪽에서 소리가 나 홍원수는 생각했다.

'적장이 그리로 갔도다.'

홍원수가 재빨리 말을 채찍질해서 쫓아갔다.

이때 보국은 이런 줄 모르고 가슴을 두드리며 희미한 칼 빛을 보고 적장이 오는 줄 알고 달아났다. 그때 함께 달아나던 군졸이 와서 말했다.

"뒤에 오는 이가 천문동 화재로 죽은 우리 홍원수의 혼백인가봅니다."

중군장이 깜짝 놀라 물었다.

"어떻게 아느냐?"

군졸이 말했다.

"희미한 달빛에 보니 준총마를 타고 오는데 투구와 갑옷의 빛이며 거동이 왠지 홍원수 같습니다."

보국이 그 말을 듣고 반기며 군사를 머무르게 하고 서서 기다리니 홍원수의 음성이 들려 보국이 매우 기뻐하며 크게 외쳤다.

"소장은 중군장 보국이니, 기운을 허비하지 마십시오."

홍원수가 듣고 크게 외쳤다.

"네가 분명 보국이라면, 군사에게 칼을 보내라."

보국이 기뻐하며 칼과 수기를 보내니, 홍원수가 보고 달려와 말에서 내려, 보국의 손을 잡고 장막 안으로 들어가 기쁨과 즐거움을 나누었다.

"천문동 화재로 죽게 되었는데……"

홍원수는 선생이 주신 편지를 보고 이리이리하여 벗어난 이야기와 본진으로 오다가 적진을 격파하고 서달 등이 도망쳐 잡지 못한 이야기를 세세히 전했다. 그날 밤은 쉬고, 날이 밝자 군사가 보고했다.

"서달이 벽파도로 도망쳤다고 하니, 그리로 가서 도적을 잡아야 합니다."

홍원수가 이 말을 듣고 크게 기뻐하며, 즉시 군사를 거느리고 강변에 이르러 어선을 잡아타고 건너갔다. 배마다 기치창검을 세우고, 홍원수는 단을 높이고, 갑주를 갖춰 입고, 삼척장검을 높이 들고, 중군을 호령해 배를 저어 벽파도로 향했다. 그 씩씩한 위풍과 늠름한 모습이 당대의 영웅다웠다.

벽파도에서 부모를 만나다

이때 홍시랑은 부인과 함께 계월을 생각하며 매일 서러워하다가, 뜻밖에도 야단스럽게 떠드는 소리가 나기에 깜짝 놀라 급히 초막 밖으로 나와서 보니, 도적 여럿이 시끄럽게 주위를 돌아다니고 있었다. 홍시랑은 부인을 데리고 허둥지둥 도망쳐 산속 계곡으로 들어가 바위틈에 몸을 감추고 통곡했다. 이튿날 이른 아침에 강 위를 바라보니, 배에 군사들이 가득 타고 있는데, 기치창검이 서리 같고 군사들이 함성을 지르며 벽파도로 향해 오고 있었다. 홍시랑은 더욱 놀라 몸을 감추고 있었다.

홍원수가 벽파도에 다다라, 배를 강변에 대고 진을 치며 호령했다.

"서달의 무리를 빨리 잡아라."

모든 장수가 한꺼번에 고함을 치며 벽파도를 둘러싸니, 서달이 할 수 없어 자결하려다가 홍원수의 장졸들에게 잡혔다. 홍원수가 장대에 높이 앉아 서달 등을 장대 아래에 무릎 꿇게 하고 호령했다.

"이 도적들을 차례로 군문 밖으로 끌고 나가서 베어라."

무사가 한꺼번에 달려들어 철통골을 먼저 잡아내어 베고, 남은 적장

들도 차례로 베었다. 이때 군졸이 홍원수에게 여쭈었다.

"어떤 사람이 여인 셋을 데리고 산속에 숨어 있기에 잡아왔습니다."

홍원수가 잠깐 생각하고는 말했다.

"그 네 사람을 잡아들여라."

군졸이 달려가 네 사람을 결박해 장대 아래에 꿇게 하고 죄목을 묻자, 그들은 넋을 잃고 어찌할 바를 몰랐다. 홍원수가 책상을 치며 말했다.

"너희를 보니 우리나라의 옷차림이로다. 너희는 적병과 합심했느냐? 바른대로 고하라."

홍시랑이 황급히 마음을 진정시키고 말했다.

"저는 전날 대국에서 시랑 벼슬을 하다가 간신의 모함으로 고향에 돌아와 농사를 짓다가 장사랑의 난 때 잡혀 이곳으로 귀양 온 죄인이오니 죽어 마땅합니다."

홍원수가 이 말을 듣고 물었다.

"네가 천자의 은혜를 배반하고 역적 장사랑에게 붙었지만, 천자께서 어지셔서 너를 죽이지 않고 이곳으로 귀양 보내셨으니, 그 은혜를 생각하면 죽어서 백골이 되어도 잊을 수가 없거늘, 이제 또 적장과 내통하다가 이렇듯 잡혔는데, 어찌 또 핑계를 대느냐?"

홍원수가 이어서 말했다.

"잡아내어 베어라."

그때 양부인이 하늘을 우러러보며 통곡했다.

"아이고, 이것이 어인 일인가. 계월아, 계월아, 그때 너와 함께 나도 강물에 빠져 죽었더라면 이런 욕을 보지 않을 것을, 하늘이 밉게 보시어 모진 목숨이 살았다가 이런 꼴을 보는구나."

양부인은 말을 마치자마자 기절했다. 홍원수가 이 말을 듣고 문득 선생이 이르시던 말씀이 생각나서 깜짝 놀라, 앞에 가까이 앉아 물었다.

"아까 들으니 계월과 함께 죽지 못함을 한탄하던데, 계월은 누구며 당신 성명은 뭐요?"

부인이 대답했다.

"저는 명나라 구계촌에 사는 양처사의 딸이며, 남편은 홍시랑이고 저 계집은 시비 양윤이요, 계월은 제 딸입니다."

자초지종을 낱낱이 고하니, 이 말을 들은 홍원수는 천지가 아득하고 세상사가 꿈만 같았다. 급히 뛰어내려와 부인의 손을 붙들고 통곡했다.

"어머니, 내가 물에 빠졌던 계월입니다."

홍원수는 이 말을 하고 기절해버렸다. 이 말을 듣고 부인과 홍시랑도 서로 통곡하다가 기절했다. 천여 명의 장수와 팔십만 군병이 이 광경을 보고 어찌된 일인지 알지 못해 서로 돌아보며 묻고 혹은 눈물을 흘리기도 했다.

"천고에 드문 일이다."

장졸들은 이렇게 말하며 홍원수가 명령 내리기를 기다렸다. 보국은 일찍이 평국이 부모를 잃은 줄 알고 있었다. 홍원수가 마음을 가라앉힌 후에 부모를 장대에 모시고 여쭈었다.

"그때 물에 떠내려가다가 무릉포에 사는 여공을 만나 살아났습니다. 여공께서 저를 댁으로 데려가 친자식같이 기르시고, 그분의 아들 보국과 함께 어진 선생 밑에서 동문수학하게 하셨습니다. 선생의 덕택으로 황성에 올라가 둘 다 과거에 급제하여 저는 한림학사로 있다가 서달이 반란을 일으키자, 저는 대원수가 되고, 보국은 중군장이 되어……"

홍원수는 이번 싸움에서 적병을 물리친 이야기를 낱낱이 올린 후에 다시 여쭈었다.

"또 서달의 무리가 이곳으로 도망쳐왔기에 잡으러 왔는데, 하늘의 도우심으로 부모님을 만나게 되었습니다."

홍원수가 자초지종을 낱낱이 고하니 홍시랑과 부인이 그 말을 듣고 온갖 고생스러웠던 일을 일일이 다 말하고 슬프게 통곡했다. 산천초목이 다 눈물을 머금은 듯했다.

홍원수가 정신을 가다듬고 부인의 젖을 만지며 다시 통곡하다가, 양윤을 어루만지며 말했다.

"내가 네 등에서 떨어지지 않던 간곡한 정과 강물에 떠내려갈 때 네가 울며 이별하던 일을 생각하면 칼로 살이 베이는 듯하다. 네가 어머니를 모시고 죽을 액운을 여러 번 겪다가 이렇듯 다시 만나니 이 어찌 즐겁지 않겠느냐?"

홍원수는 춘랑 앞에 나아가 절하고 공손하게 감사하다는 뜻을 표했다.

"황천에 가서 만날 부모를 이생에서 다시 만나뵙게 된 것은 부인의 덕택입니다. 이 은혜를 어찌 다 갚을 수 있겠습니까?"

이에 춘랑이 감사의 뜻을 표했다.

"미천한 사람을 이처럼 정성껏 대하시니 황공하여 아뢸 말씀이 없습니다."

홍원수가 춘랑을 붙들어 장대 위에 앉히고 더욱 공경했다.

이때 중군장 보국이 장대 앞에 다가와 홍원수에게 안부를 여쭙고 부모를 상봉한 것에 대해 예를 갖춰 축하했다. 홍원수가 장대 아래로 내려와 보국의 손을 잡고 장대 위로 올라가 홍시랑에게 보이며 말했다.

"아버지, 이 사람은 저와 동문수학하던, 여공의 아들 보국입니다."

홍시랑이 이 말을 듣고 바로 일어나 보국의 손을 잡고 눈물을 흘리며 말했다.

"그대 부친의 덕택으로 죽었던 자식을 다시 보게 되었소. 이 은혜는 죽어서도 다 갚지 못할 것이니, 무엇으로 갚을 수 있겠소?"

보국이 고마움을 표하고 물러나니, 모든 장졸이 또한 홍원수의 부모 상봉을 축하했다.

이튿날 이른 아침에 홍원수가 군중에서 일을 처리하고 군사를 호령해 서달의 무리에게 무릎을 꿇게 하고 항복 문서를 받았다. 그런 뒤 서달을 장대에 오르게 하여 앉히고, 도리어 감사의 뜻을 표하며 말했다.

"그대가 만일 이곳에 오지 않았다면 어찌 내 부모를 만날 수 있었겠는가? 이후부터는 그대가 나의 은인이 되었구려."

서달 등이 그 말을 듣고 은혜에 감사하며 엎드려 말했다.

"무도無道한 도적이 홍원수의 손에 죽을 줄 알았는데, 오히려 감사의 말을 들었으니 이제 죽어도 홍원수의 덕을 갚을 길이 없습니다."

홍원수가 서달 무리를 본국으로 돌려보내고, 근처 지방의 수령들에게 명령해 안장 얹은 말과 가마를 준비하게 해 부친과 어머니를 모셨다. 천여 명의 장수와 팔십만 군사를 거느리고 옥문관으로 향하는데, 그 규모가 천자가 이끄는 규모에 비길 만했다. 옥문관에 다다라 이 사연을 천자에게 아뢰었다.

천자의 신임

천자가 악대의 머리를 받아본 후, 홍원수의 소식을 몰라 밤낮으로 염려하고 있었는데, 황경문 밖에서 장졸이 장계를 올렸다. 천자가 이를 뜯어보았다.

> 한림학사 겸 대원수 평국은 엎드려 절하며 한 장 글을 황제께 올립니다. 서달 등을 격파하니, 도적들이 벽파도로 도망치기에 쫓아가서 적졸을 다 잡은 후 이별했던 부모를 만났습니다. 아비는 장사랑과 함께 잡혀 벽파도로 귀양 갔던 홍무입니다. 원컨대 폐하께서는 신의 벼슬을 거두어 아비의 죄를 용서해주시고 후인이 본받게 하시면 아비를 모시고 고향으로 돌아가 남은 인생을 마치고자 합니다.

천자가 보시고는 크게 놀라고 매우 기뻐했다.

"평국이 한 번에 북방을 평정하고 또한 부모를 만났다 하니, 이는 하늘이 감동하신 것이다."

그러고 나서 다시 말했다.

"대원수가 올라오면 승상이 될 텐데, 그 부친에게 벼슬이 없어서야 되겠는가?"

천자는 홍무를 위국공에 임명하고 부인을 왕비로 봉했다. 사관을 통해 임명장을 내려주면서 말했다.

"짐이 어리석은 탓에 원수의 부모가 귀양 가서 오랜 세월 고생하다 하늘의 도우심으로 원수를 만나 돌아오니, 어찌 그 영화를 빛내지 아니하겠는가?"

천자가 궁녀 삼백 명을 선발하여 녹의홍상綠衣紅裳을 입히고 부인을 모셔올 황금 가마와 쌍가마를 보내 시녀들이 좌우에서 부축하게 해 황성까지 오게 했다. 천자가 어전풍류와 금의화동 천여 명을 거느리고 직접 옥문관으로 향했다.

이때 사관이 옥문관에 도착해 홍원수에게 임명장을 올렸다. 홍시랑과 부인이 받아들고 천자가 있는 쪽을 향해 네 번 절하고 열어보니, 홍시랑을 위국공에 임명하고 부인을 정렬부인에 봉하는 임명장이었다. 또한 말미에 다음과 같이 적혀 있었다.

> 홍원수가 한 번 출전하여 북방을 평정하고 나라와 조정을 안전하게 보전하니 그 공이 작지 않고, 잃었던 부모를 만났으니 이런 일은 천고에 드문 일이다. 또한 짐이 어질지 못해 그대의 부친을 먼 지역에 귀양 보내어 여러 해를 고생하게 했으니, 도리어 그대를 볼 면목이 없도다. 그러나 빨리 올라와 짐이 기다리지 않게 하라.

위국공 부자는 천자의 은혜에 감사하며 천자가 오래 살기를 빌고, 길을 떠나려 했는데, 부인을 모실 황금 가마와 각종 기구가 내려왔다. 홍원수가 즉시 위의威儀를 갖추어 부인을 황금 가마에 태워 모시고 삼백 시녀로 하여금 옹위하게 하고, 금의화동을 좌우에 나누어 세우고, 어전풍류를 울리며 왔다. 그 모습이 마치 꽃밭이 되어 오는 것처럼 보였다. 춘랑과 양윤은 금빛 가마에 타고, 위국공은 홍원수가 모시고 왔다. 팔십만 대군과 천여 명의 장수를 중군장이 거느리고 선봉이 되어 승전고를 울리며 오는데, 그 길이가 사십 리에 달했다. 이때 천자가 조정의 모든 신하를 거느리고 홍원수를 맞이했다. 위국공과 홍원수가 말에서 내려 땅에 엎드리니 천자가 반기며 말했다.

"짐이 밝지 못해 위국공을 여러 해 고생하게 했으니, 짐이 도리어 부끄럽도다."

한 손으로는 위국공의 손을 잡고, 또 한 손으로는 홍원수의 손을 잡고 보국을 돌아보며 말했다.

"짐이 어찌 수레를 타고 경들을 맞이하겠는가?"

삼십 리 밖에서 천자가 친히 걸어오니, 조정의 신하들이 또한 걸어왔다. 모든 백성이 둘러싸며 대명전까지 들어오니, 보는 사람 중 칭찬하지 않는 이가 있겠는가? 천자가 앉아서 홍원수에겐 좌승상 청주후 직위를 내리고, 보국에겐 대사마 대장군 이부상서 직위를 내리고, 나머지 장수들은 차례로 공로를 기록했다.

천자가 홍원수에게 물었다.

"그대가 다섯 살 때 부모를 잃었다 하니, 누구의 집에 의탁하여 자랐으며, 병서兵書는 누구에게 배웠는가? 그대의 어미는 십삼 년 동안 어디에 가서 고생하며 지내다가 벽파도에서 위국공을 만났는가? 자세한 이야기를 듣고 싶구나."

홍원수가 전후곡절을 낱낱이 아뢰니, 천자가 칭찬했다.

"이는 고금에 없는 일이로다."

그리고 또 말했다.

"그대가 물속의 외로운 혼이 될 것을 여공의 덕으로 살아 성공해서 짐을 도왔으니, 어찌 여공의 공이 없을 수 있겠는가?"

천자가 여공을 우복야 기주후에 임명하고 부인을 공렬부인에 봉해, 사관을 시켜 그 임명장을 무릉포로 보냈다.

여공 부부가 그 임명장을 받고 천자가 있는 북쪽을 향해 네 번 절을 올린 뒤 즉시 떠날 채비를 차려 황성으로 올라왔다. 여공이 황제 앞에 들어가 천자의 은혜에 감사하며 절을 올리니, 천자가 반기며 칭찬했다.

"그대가 평국을 길러내어 나라와 조정을 편안하게 하였으니, 그 공이 적지 않도다."

여공이 은혜에 감사드리고 물러나와 위국공과 정렬부인을 만났다. 위국공과 부인이 다시 고마움을 표시했다.

"어지신 덕택으로 계월을 구하셔 친자식같이 길러 입신양명하게 하셨으니, 그 은혜가 백골난망입니다."

여공 부부가 슬픈 감회를 금치 못하니, 여공이 더욱 감사해 공손하게 응답했다. 평국과 보국이 또한 엎드려 먼 길에 평안히 행차함을 축하했다. 위국공과 정렬부인, 기주후와 공렬부인, 춘랑도 자리에 참여했다. 양윤 또한 기뻐함을 이루 다 헤아릴 수 없었다. 큰 잔치를 베풀어 삼일 동안 즐겼다.

이때 천자가 여러 신하를 돌아보며 말했다.

"평국과 보국을 한 궁궐 안에서 살게 하리라."

종남산에 터를 닦아 집을 짓게 하였다. 천여 칸을 며칠 안에 지었는데, 그 장대함을 이루 다 헤아릴 수 없었다. 집을 다 지은 뒤 노비 천여 명과 성을 지키는 군사 백여 명씩을 내려주고 또 값나가는 비단과 보화를 수천 바리마소의 등에 잔뜩 실은 짐을 세는 단위 하사했다. 평국과 보국은 천자의 은혜에 감사하고 한 궁궐에 각각 침소를 정해 거처했다. 궁궐 안의 길이와 너비가 십 리가 넘어, 그 위의와 거동이 황제와 다르지 않았다.

평국이 여자임이 밝혀지다

이때 평국이 전쟁터에 다녀온 후 몸이 피곤해 병이 드니, 집안사람들이 놀라 밤낮으로 약을 대며 치료했다. 천자가 이 말을 듣고 깜짝 놀라 명의를 급히 보냈다.

"병세를 자세히 보고 오라. 만일 병이 중하면, 짐이 친히 가볼 것이다."

천자가 어의御醫를 보내시니, 어의가 황명을 받고 평국의 침소에 와서 병세를 진맥했으나 병세가 깊지 않았다. 그리하여 어의는 속히 쓸 약을 가르쳐주고 돌아와 천자에게 아뢰었다.

"병세를 보니 깊지 않아서 속히 쓸 약을 가르쳐주고 왔습니다. 그런데 괴이한 일이 있어서 수상쩍습니다."

천자가 놀라서 물었다.

"무슨 연고가 있느냐?"

어의가 엎드려 말했다.

"평국의 맥을 보니, 남자의 맥이 아니라 이상합니다."

천자가 그 말을 듣고 말했다.

"평국이 여자라면 어떻게 전쟁터에 나아가 적진 십만 군을 싹 쓸어 없애고 왔겠는가? 평국의 얼굴이 복숭아빛이고 몸이 잔약하니, 혹 미심쩍긴 하나 아직 누설하지는 마라."

천자가 내시를 시켜 자주 문병했다.

병세가 차차 좋아지자 평국은 생각했다.

'어의가 내 맥을 보았으니, 본색이 드러났을 것이다. 이제는 할 수 없이 여자 옷차림을 하고 규중에 몸을 감추어 세월을 보내는 것이 옳다.'

그러고는 즉시 남자 옷을 벗고 여자 옷으로 갈아입은 뒤 부모를 뵙고 흐느끼니, 두 뺨에 두 줄기 눈물이 펑펑 쏟아져내렸다. 부모도 눈물을 흘리며 위로했다. 계월이 슬퍼하며 우는 모습이 가을철 구월 연꽃이 가랑비를 머금은 듯하고, 초승달이 비단 같은 구름에 잠긴 듯하며, 젊고 아름다우면서도 침착한 태도는 당대 제일이었다.

이때 계월이 천자에게 상소를 올렸는데, 다음과 같았다.

한림학사 겸 대원수 좌승상 청주후 평국은 손을 머리 위로 조아리며 백 번 절하고 아룁니다. 제가 다섯 살이 채 되지 않아 장사랑의 난 때 부모를 잃고, 도적 맹길의 환란을 만나 물속에 빠져 외로운 넋이 될 뻔했으나 여공의 덕으로 살아났습니다. 오로지 한 가지만 생각하되, 여자의 행색을 하고서는 집 안에서 늙어 부모의 해골을 찾지 못할 것 같아, 여자의 행실을 버리고 남자의 복색을 하여 폐하를 속이고 조정에 들어왔습니다. 제 죄가 만 번 죽어도 애석하지 않기에 처벌을 기다리고 유지諭旨, 임금이 신하에게 내리던 글와 인수印綬, 인印과 인끈. 벼슬아치로 임명되어 임금으로부터 받는 표장를 올립니다. 폐하를 속인 죄를 저질렀으니 속히 처벌해주십시오.

천자가 이 글을 보고 용상龍床을 치며 말했다.

"누가 평국을 여자로 보았겠는가? 고금에 없는 일이로다. 비록 천하가 드넓다 하나, 문재와 무재를 겸비하고 충성을 다해 나라의 은혜를 갚은 충효가 빼어난 상등급 장수의 재주는 남자라도 지니지 못할 것이로다. 비록 여자일지라도 어찌 벼슬을 거두겠는가?"

천자는 내시에게 명하여 유지와 인수를 돌려보내고 답서를 내렸다. 이에 계월이 황공히 감사해 하며 받아보았다.

> 그대의 상소를 보니, 한편으로 놀랍고 한편으로 장하기도 하다. 충효를 겸비해 반역의 무리를 소탕하고 나라와 조정을 안전하게 지킨 것은 다 그대의 바다와 같이 넓은 덕이라. 짐이 어찌 여자라고 탓하겠는가? 유지와 인수를 도로 보내니 털끝만큼도 염려하지 말고 그대는 충성을 다해 짐을 도와 나라의 은혜를 갚으라.

계월이 사양하지 못하고 여자 옷차림을 한 위에 조복朝服, 관원이 조정에 나아가 하례할 때 입던 예복을 입고 부리던 장수 백여 명과 군사 천여 명에게 갑주를 갖추어 입게 하고 승상부 문밖에 진을 치고 있게 하니, 그 위의가 엄숙했다.

남편을 군례로 다스리다

하루는 천자가 위국공을 대궐로 들어오라 하여 말했다.

"짐이 원수의 상소를 본 후 많은 생각을 했다. 평국이 규중에서 홀로 늙으면 홍무의 혼백이 의지할 곳이 없을 것이니, 어찌 슬프지 않겠는가? 또한 평국이 규중에서 늙는 것이 불쌍하니, 평국의 혼인을 위해 짐이 중매를 서고자 하는데, 그대의 뜻은 어떠한가?"

위국공이 엎드려 말했다.

"제 뜻도 그러합니다. 제가 나아가 의논하겠습니다만, 평국의 배필을 누구로 정하려 하십니까?"

천자가 말했다.

"평국과 함께 공부하던 보국으로 정하고자 하는데, 그대의 생각은 어떠한가?"

위국공이 말했다.

"가르침을 베푸심이 마땅하십니다. 평국의 죽을 목숨이 여공의 덕으로 살아났고, 여공이 평국을 친자식같이 길러 영화를 누리고 이별했던 부모를 만나게 했습니다. 또한 평국이 보국과 함께 공부하고 함께 과거에 급제하여 폐하의 성덕으로 작록을 받아 만리 전쟁터에서 생사고락을 함께하고 돌아와 한집에 거처하오니, 천생연분인가 합니다."

위국공이 물러나와 계월을 불러 앉히고, 천자가 하교하신 말을 자세히 전하니, 계월이 여쭈었다.

"제 마음은 평생 홀로 늙어 부모 슬하에 있다가 죽은 후에 다시 남자가 되어 공자와 맹자가 가르친 행실을 배우고자 했습니다. 하지만 근본이 밝혀져 천자의 지시가 이러하시고, 부모님도 슬하에 다른 자식이 없어 슬프게도 조상의 제사를 전할 곳이 없으니, 자식이 되어 부모의 명령을 어찌 거역하며, 천자의 하교를 어찌 배반하겠습니까? 지시대로 보국을 섬겨 여공의 은혜를 만분의 일이나마 갚을까 하오니, 부친은 이 사연을 천자께 올리십시오."

평국이 눈물을 흘리고, 남자가 되지 못함을 한스럽게 여겼다.

이때 위국공이 즉시 궁궐로 들어가, 계월의 말을 천자에게 아뢰니, 천자가 기뻐하며 즉시 여공을 불러 지시했다.

"평국과 보국을 부부로 정하고자 하는데, 그대의 뜻은 어떠한가?"

여공이 엎드려 말했다.

"폐하의 덕택으로 현숙한 며느리를 얻게 되었으니, 감사하여 아뢸 말씀이 없습니다."

여공이 물러나와 보국을 불러 천자의 지시를 전하니, 보국이 엎드려 감사를 표했다. 부인을 비롯해 집안사람들이 다 기뻐했다.

이때 천자가 태사관을 불러 택일하니, 마침 삼월 보름이었다. 택일단자擇日單子, 혼인 날짜를 정해 상대편에게 적어 보내는 쪽지와 예단할 비단 수천 필을 싸서 위국공의 집으로 보냈다. 위국공이 택일단자를 가지고 계월의 침소에 들어가 전하니, 계월이 말했다.

"보국은 전날 중군장으로서 소녀가 부리던 사람입니다. 제가 그 사람의 아내가 될 줄 어찌 알았겠습니까? 다시는 군례軍禮를 받지 못할 것 같으니, 이제 마지막 군례나 차리고자 합니다. 이 뜻을 천자께 아뢰어주십시오."

위국공이 그 말을 듣고 즉시 천자에게 아뢰었다. 천자가 군사 오천과 장수 백여 명을 갑주와 기치창검을 갖추게 하여 홍원수에게 보냈다. 계월이 여자 옷을 벗고 갑주를 갖추고 용봉황월과 수기를 잡고 행군하여, 별궁에 앉아 군사를 시켜 보국에게 군령을 전했다. 보국은 군령을 보고 분함을 누를 수 없었으나, 지난날 평국의 위풍을 보았는지라 군령을 거역하지 못하고 갑주를 갖추어 입고 군문軍門, 군영軍營의 입구에 대령했다.

이때 홍원수가 좌우를 돌아보며 말했다.

"중군장이 어찌 이토록 거만한가? 빨리 예를 갖추고 나오라."

호령이 서릿발 같고 군졸들의 대답 소리가 장안에 끓었다. 보국이 그 위엄을 보고 황겁하여 갑주를 끌며 몸을 굽혀 들어가니, 얼굴에 땀이 흘렀다. 급히 나아가 장대 앞에 엎드리니 홍원수가 정색하고 꾸짖었다.

"군법이 매우 중한데, 그대가 중군장이면 즉시 대기하여 명령을 기다릴 것이거늘, 어찌 장수의 명령을 중히 여기지 않고 태만한 마음으로 군령을 소홀히 하느냐? 중군장의 죄가 매우 무엄하니 즉시 군법을 시행해야 할 것이다. 십분 헤아리겠지만, 그렇다고 그대로 두지는 않을 것이다."

홍원수가 군사들에게 "중군장을 빨리 잡아내라" 하는 호령 소리가 서릿발 같았다. 무사가 한꺼번에 고함치며 달려들어 장대 앞에 보국의 무릎을 꿇리니, 보국이 정신을 잃었다가 겨우 진정하여 아뢰었다.

"제가 몸에 병이 있어 치료하다 미처 완치하지 못했습니다. 태만한 죄는 만 번 죽어도 아깝지 않으나 몸에 든 병이 심해지면 생명을 보전하지 못할 것이고, 만일 죽으면 부모에게 불효가 매우 클 것입니다. 엎드려 빌건대 원수께서는 바다와 같은 은덕을 베푸시고, 전날의 간곡한 정을 생각해 살려주시면, 불효를 면할까 합니다."

보국이 거듭거듭 애걸했다. 홍원수가 마음속으로는 웃으면서 겉으로는 호령했다.

"중군장은 몸에 병이 있다면서 어찌 영춘각의 애첩 영춘과 더불어 밤낮으로 풍류를 즐기는가? 그러나 사정이 없지 않아 용서하겠으니, 이후로는 그리하지 마라."

홍원수의 분부에 보국이 굽실거리며 감사의 예를 올리고 물러났다.

홍원수는 온종일 즐기다가 군사를 물리치고 본궁으로 돌아왔다. 보국이 홍원수에게 하직하고 돌아와 부모께 욕본 사연을 낱낱이 고하니, 여공이 그 말을 듣고 크게 웃으며 칭찬했다.

"내 며느리는 천고에 여중군자女中君子로다."

여공이 보국에게 말했다.

"계월이 너를 욕보인 것은 다름이 아니라, 어명으로 너를 배필로 정하자, 전에 중군장으로 부리던 것을 다시는 부리지 못할 것이라는 생각에 너를 희롱한 것이다. 그러니 너는 털끝만큼도 거리끼지 마라."

천자가 계월이 보국을 욕보였다는 말을 듣고, 크게 웃고 많은 물품을 상으로 내려주었다.

길일을 맞아 혼례를 올렸다. 계월이 녹의홍상으로 단장하고 시비들이 좌우에서 부축하며 나오는 모습이 엄숙하고, 아름다운 태도와 침착한 모습은 당대 제일이었다. 또한 장막 밖에 모든 장수와 군졸이 갑주를 갖추고 기치와 검극을 좌우에 나눠 세우고 옹위했는데, 그 위의가 헤아릴 수 없을 만큼 엄숙했다. 보국이 또한 위의를 갖추고 금으로 꾸민 안장을 얹은 준마 위에 반듯하게 앉아, 봉황 꼬리 모양으로 생긴 부채로 얼굴을 가렸다. 계월이 궁에 들어와 절을 올리는 모습이 마치 선관이 옥황상제께 복숭아를 바치는 모습과 같았다. 신랑 신부가 서로 절을 주고받는 예를 마치고, 그날 밤 동침하여 부부로서 극진한 즐거움을 누렸다.

보국의 애첩 영춘을 군법으로 처형하다

이튿날 이른 아침에 두 사람이 위국공과 정렬부인을 뵈니, 위국공 부부가 기쁨을 이기지 못했다. 또 기주후와 공렬부인을 뵈니, 기주후가 매우 기뻐하며 말했다.

"세상사를 헤아릴 수가 없구나. 너를 내 며느리로 삼을 줄 생각이나 했겠느냐?"

계월이 다시 절하고 말했다.

"죽을 뻔한 제 목숨을 구해주신 은혜는 말할 것도 없고, 십삼 년 동안 길러주셨는데 근본을 아뢰지 않은 죄는 죽고도 남을 일입니다. 또한 하늘이 도우셔서 시부모님으로 섬기게 하시니, 이는 제가 원하던 바입니다."

계월이 온종일 말하다가 하직하고 본궁으로 돌아왔다. 금으로 만든 가마를 타고 시녀들이 옹위하는 가운데 중문을 나오다가 눈을 들어 영춘각을 바라보았다. 마침 남편의 애첩인 영춘이 난간에 걸터앉아 계월의 행차를 구경하며, 몸을 움직이지 않았다. 계월이 몹시 화를 내며 가마를 멈춰 서게 하고는 무사에게 명령하여 영춘을 잡아다 가마 앞에 무릎을 꿇렸다. 계월이 호령했다.

"네가 중군장의 위세를 믿고 교만하여 내 행차를 보고도 감히 높은 난간에 걸터앉아 움직이지 않는구나. 너같이 요망한 년을 어찌 살려두겠느냐? 군법을 세울 것이다."

계월이 무사에게 호령했다.

"베어라."

무사가 명령을 듣고 달려들어 영춘을 잡아내어 베었다. 군졸과 시비들이 겁을 집어먹어 똑바로 보지 못했다.

이때 보국은 계월이 영춘을 죽였다는 말을 듣고, 분함을 이기지 못해 부모께 여쭈었다.

"계월이 전날 대원수가 되어 저를 중군장으로 부릴 때는 장수와 부하 사이라서 능멸하게 여기지 못했습니다. 그렇지만 지금은 계월이 제 아내인데, 어찌 제가 사랑하는 영춘을 죽여 마음을 불편하게 할 수 있습니까?"

여공이 이 말을 듣고 만류했다.

"계월이 비록 네 아내가 되었으나 벼슬을 놓지 않고 의기가 당당하니, 족히 너를 부릴 사람이다. 예로써 너를 섬기니 어찌 마음이 그르다 하겠느냐? 영춘은 네 첩이라, 거만하게 행동하다 죽었으니 누구를 한하며, 또한 계월이 그르쳐 궁궐의 노비를 죽인다 해도 누가 책망하겠느냐? 너는 조금도 마음 쓰지 말고 마음이 변해서도 아니 된다. 만일 영춘을 죽인 것을 두고 마음에 꺼려하고 미워하면, 부부간의 의義도 변할 것이요, 또한 천자가 주선한 혼인인지라 너에게 해로움이 있을 것이니, 부디 조심하거라."

보국이 여쭈었다.

"아버지께서는 부당한 말씀을 하십니다. 세상에 장부가 되어 계집에게 괄시를 당해도 되겠습니까?"

그후부터는 보국이 계월의 방에 들어가지 않았다. 계월이 '영춘을 죽인 일을 미워해서 오지 않는 것이지'라고 생각하며 이렇게 혼잣말했다.

"누가 보국을 남자라 하리요? 여자만도 못하구나."

계월은 남자로 태어나지 못한 것이 분해 눈물로 세월을 보냈다.

보국을 조롱하다

이때 남관南關의 수문장이 장계를 올렸는데 천자가 바로 장계를 뜯어 보았다.

오왕과 초왕이 반역하여 지금 황성을 침범하려고 합니다. 오왕은 구덕지로 대원수를 삼고 초왕은 장맹길로 선봉을 삼아, 장수 천여 명과 군사 십만을 거느리고 쳐들어왔습니다. 호주 북쪽 지방의 십여 성으로부터 항복을 받고, 형주자사 이왕태를 베고 마구 쳐들어오고 있습니다. 소장의 힘으로는 방비할 길이 없어서 소식을 올립니다. 원컨대 황상은 어진 명장을 보내어 적을 막아주십시오.

천자가 깜짝 놀라 조정의 모든 신하를 불러 의논했다. 우승상 정영태가 말했다.

"이 도적은 좌승상 평국을 보내야 막을 수 있을 것입니다. 빨리 평국을 부르십시오."

천자가 듣고 곰곰이 생각하다가 말했다.

"평국이 예전에는 밖에 나와 일을 했기에 불렀지만, 지금은 규중에 머물러 있는 여자인지라 차마 불러낼 수가 없는데, 어찌 전쟁터로 보내겠는가?"

이에 모든 신하가 말했다.

"평국이 비록 지금 아녀자로 집 안에 있으나, 조야朝野, 조정과 민간에 이름이 있고 작록을 거두지 않았는데, 어찌 아녀자라 하여 거리끼겠습니까?"

천자가 마지못해 급히 평국을 불렀다.

평국은 집 안에서 홀로 지내면서 날마다 시녀들을 데리고 장기와 바둑을 두며 세월을 보내고 있었다. 이때 사관이 와서 천자가 부르는 명령을 전하자, 평국이 깜짝 놀라 곧바로 여자 옷을 벗고 조복으로 갈아입은 뒤 사관을 따라가 천자 앞에 엎드렸다. 천자가 매우 기뻐하며 말했다.

"그대가 집 안에 머문 후로 오랫동안 보지 못해 밤낮으로 보고 싶었는데, 이제 그대를 보니 기쁘기 한이 없도다. 짐이 덕이 없어 지금 오나라와 초나라 양국이 반역하여, 호주 북쪽 지방을 쳐서 항복을 받고 남관을 열어젖히고 황성을 침범하려 한다고 하니, 그대는 나아가 나라와 조정을 편안하게 지키도록 하라."

평국이 엎드려 아뢰었다.

"제가 외람되게 폐하를 속이고 높은 관직에 올라 영화롭게 지내기가 황공했는데, 저의 죄를 용서하시고 이처럼 사랑하시니, 제가 비록 어리석으나 힘을 다해 성은을 만분의 일이나마 갚고자 합니다. 폐하는 근심하지 마옵소서."

천자가 매우 기뻐하며 즉시 천병만마를 뽑아 모으도록 했다. 삼남원에 진을 치고 홍원수가 친히 붓을 잡아 보국에게 명령을 내렸다.

적병이 급하니 중군장은 급히 대령하여 군령을 어기지 마라.

보국이 이 명령을 보고 분함을 이기지 못해 부모께 여쭈었다.

"계월이 또 저를 중군장으로 부리려 하니, 이런 일이 어디 있습니까?"

여공이 말했다.

"전날 내가 너에게 뭐라고 이르더냐? 계월을 괄시하다가 이런 일을 당하니, 어찌 그르다 하겠느냐? 나랏일이 매우 중하니, 어떻게 해볼 수가 없다."

여공은 보국에게 가라고 재촉했다. 보국은 할 수 없이 바삐 갑주를 갖추고 진중에 나아가 홍원수 앞에 엎드리니, 홍원수가 분부했다.

"만일 명령을 거역하는 자가 있으면, 군법을 시행할 것이다."

보국이 두려워하며 처소로 돌아와 명령 내리기를 기다렸다. 홍원수가 장수들에게 각각의 임무를 정해주고 가을날 구월 갑자일에 행군을 시작했다. 십일월 초하룻날 남관에 당도해 삼일 동안 군사를 머물게 하고, 즉시 떠나 오일에 천촉산을 지나 영경루에 다다랐다. 적병이 평원 광야에 진을 치고 철통같이 지키고 있었다.

홍원수가 적진 가까이 진을 치고 명령했다.

"명령을 어기는 자가 있으면, 세워두고 벨 것이다."

호령이 서릿발 같아, 모든 장수와 군졸들이 두려워하며 어찌할 줄 몰라 했다. 보국 또한 매우 조심했다.

이튿날 홍원수가 보국에게 분부했다.

"오늘은 중군장이 나가 싸워라."

보국이 명령에 순종해 말에 올라 삼척장검을 들고, 적진을 향해 외쳤다.

"나는 명나라 중군장 보국이다. 대원수의 명을 받아 너희 머리를 베려 하니, 너희는 빨리 나와 칼을 받아라."

적장 운평이 이 소리를 듣고 크게 화를 내며 말을 몰고 나와 싸웠다.

세 번도 채 겨루지 않아 보국의 칼이 빛나더니, 순간 운평의 머리가 말 아래로 떨어졌다. 적장 운경이 운평의 죽음을 보고 크게 화를 내며 말을 몰아 달려들자, 보국이 승리의 기세가 등등해 창검을 높이 들고 서로 싸웠다. 두어 차례 겨루지도 못해, 보국이 칼을 날려 칼을 들고 있는 운경의 팔을 치니, 운경이 미처 손을 놀리지 못하고, 칼을 든 채 말 아래로 떨어졌다.

보국은 운경의 머리를 베어 들고 본진으로 돌아왔다. 그때 적장 구덕지가 크게 노해 장검을 높이 들고 말을 몰아 큰 소리로 고함치며 달려들고, 난데없이 적병들이 사방에서 달려들었다. 보국이 매우 다급해 피하려 했으나, 한순간에 적들이 함성을 지르며 보국을 천여 겹이나 에워쌌다.

사세가 위급하자 보국이 하늘을 우러러 탄식했다. 이때 홍원수가 장대에서 북을 치다가 보국의 위급함을 보고 재빨리 말을 몰아, 장검을 높이 들고 좌충우돌하여 적진을 헤치고 들어가, 구덕지의 머리를 베어 들고 보국을 구해낸 후, 몸을 날려 적진 속을 헤집고 다녔다. 동에 번쩍하더니 어느새 서쪽에 있는 적장을 베고, 남쪽으로 가는 듯하더니 어느새 북쪽에 있는 장수를 베고, 좌충우돌하여 적장 오십여 명과 군사 천여 명을 한칼로 쓸어버리고 본진으로 돌아왔다. 보국이 홍원수 보기를 부끄러워하자, 홍원수가 보국을 꾸짖었다.

"저리하고 어찌 남자라 칭하리요? 나를 업신여기더니 이제도 그러할까?"

그러고는 여러 차례 조롱했다.

위기에 빠진 천자

홍원수는 장대에 앉아 구덕지의 머리를 함에 넣어 황성으로 보냈다. 이때 오나라와 초나라의 두 왕이 서로 의논했다.

"평국의 용맹은 옛날 조자룡이라도 당해내지 못할 것이니, 어찌 대적하면 좋겠소? 명장 구덕지도 죽었으니 이제 누구와 함께 대사를 도모하겠는가? 이제 우리 두 나라가 평국의 손에 망할 것이오."

두 국왕이 눈물을 흘리자, 맹길이 여쭈었다.

"대왕은 염려하지 마십시오. 소장에게 한 가지 묘책이 있습니다. 평국이 아무리 영웅이라도 이 계교는 당해낼 수 없을 것입니다. 또한 천자를 사로잡을 것이니 근심하지 마십시오. 지금 황성에는 신하들만 있을 것이니, 평국 모르게 군사를 거느리고 오초동을 넘어 양자강을 지나 황성을 습격하면, 천자가 반드시 황성을 버리고 도망쳤다가 살기를 바라고 항복 문서를 올릴 것입니다. 그리하시지요."

맹길이 즉시 관평을 불러 말했다.

"그대는 본진을 지키고 평국이 아무리 싸우자 해도 나가지 말고, 내가 돌아오기를 기다리라."

이날 밤 삼경三更, 밤 열한시에서 새벽 한시 사이에 장수 백여 명과 군사 일천 명을 거느리고 황성으로 향했다.

이때 천자는 구덕지의 머리를 받아 보고 매우 기뻐하며, 여러 신하를 모아 평국 부부를 칭찬하고 태평하게 지냈다. 이때 오초동을 지키던 장수가 장계를 올렸다.

양자강 넓은 모래사장에 천병만마가 들어오며 황성을 침범하려 합니다.

천자는 크게 놀라 조정 신하들을 모두 모아 의논했다. 적장 맹길이 동문을 깨부수고 들어와 백성을 무수히 죽이고, 대궐에 불을 지르니, 불빛이 하늘 높이 솟아올랐다. 장안의 모든 백성이 물 끓듯 도망쳤다. 천자가 크게 노해 용상을 두드리다가 기절하고 말았다. 우승상 천희가 천자를 등에 업고 북문을 열고 도망치자 신하 백여 명이 뒤따라 천태령을 넘어갔다. 적장 맹길이 천자가 도망치는 것을 보고 크게 외치며 쫓아왔다.

"명황明皇은 달아나지 말고 항복하라."

뒤따르던 신하들도 넋을 잃고 죽기를 다해 달아났으나, 앞에 큰 강이 길을 막았다. 천자가 하늘을 우러러 탄식했다.

"이제 죽겠구나. 앞에는 큰 강이 있고 뒤에서는 적병이 다급하게 쫓아오고 있으니, 이 일을 어찌한단 말인가?"

천자가 자결하려 했으나 맹길이 벌써 달려들어 천자에게 창을 겨누며 말했다.

"죽기 아깝거든 항복 문서를 빨리 올려라."

신하들이 애걸했다.

"종이와 붓이 없으니, 성안에 들어가 항복 문서를 쓸 것이오. 그러니

장군은 우리 황상을 살려주시오."

맹길이 눈을 부릅뜨고 꾸짖었다.

"너희 왕의 목숨이 아깝거든 손가락을 깨물고 옷자락을 찢어 항복 문서를 써 올려라."

천자가 혼비백산해 용포 소매를 뜯은 뒤 손가락을 입에 물고 하늘을 우러러 통곡했다.

"사백 년 사직이 내게 와서 망할 줄 어찌 알았을까?"

천자가 큰 소리로 통곡하니 대낮인데도 햇빛이 없었다.

또 한 번의 활약

이때 홍원수가 진중에서 적진을 격파할 묘책을 생각하다가, 갑자기 마음이 산란해 장막 밖에 나가 천기天氣를 살펴보니 자미성이 제 자리를 떠나고 모든 별이 살기등등해 한수에 비쳤다. 홍원수가 깜짝 놀라 중군장을 불러 말했다.

"내가 천기를 보니, 천자의 위태함이 경각에 달려 있다. 나는 필마로 가려 하니, 그대는 장수들과 군졸들을 거느리고 진문을 굳게 닫고, 내가 돌아오기를 기다려라."

홍원수는 필마단검으로 황성을 향해 갔다. 동쪽 하늘이 밝아와서 바라보니, 하룻밤 사이 황성에 다다랐다. 성안으로 들어가보니 장안이 비었고 궁궐이 불에 타 빈 터만 남아 있었다. 홍원수가 통곡하며 두루 다녔으나, 한 사람도 보이지 않았다. 천자가 간 곳을 알지 못해 매우 슬퍼하는데, 문득 수챗구멍에서 한 노인이 나오다가 홍원수를 보고 깜짝 놀라 급히 들어갔다. 홍원수가 바삐 쫓아가며 말했다.

"나는 도적이 아니라 대국의 대원수 평국이니, 놀라지 말고 나와서 천자가 간 곳을 말하라."

노인이 그제야 도로 기어나와 대성통곡했다. 홍원수가 자세히 보니, 기주후 여공이었다. 홍원수가 급히 말에서 내려 엎드려 통곡했다.

"시아버님께서는 무슨 연고로 이 수챗구멍에 몸을 감추고 계십니까? 제 부모와 시어머님은 어디로 피란했는지 아십니까?"

여공이 홍원수의 옷을 붙들고 통곡했다.

"갑자기 도적이 들어와 대궐에 불을 지르고 노략해 장안의 모든 사람이 도망쳤다. 나는 갈 길을 몰라 이 구멍에 들어가 숨어 있었다. 네 부모와 시모가 간 곳을 알지 못한다."

홍원수가 위로했다.

"설마 만나뵐 날이 없겠습니까?"

그러고 나서 또 물었다.

"황상은 어디로 가셨습니까?"

여공이 대답했다.

"여기 숨어서 보니, 한 신하가 천자를 업고 북문으로 도망쳐 천태령을 넘어갔다. 그리고 그 뒤를 도적이 따라갔으니, 반드시 위급할 것이다."

홍원수가 크게 놀라 말했다.

"천자를 구하러 가니, 제가 돌아올 때까지 기다리십시오."

홍원수가 말에 올라 단숨에 천태령을 넘어 순식간에 한수 북쪽에 다다라서 보니, 십 리나 되는 모래사장에 적의 병사들이 가득하고, "항복하라"는 소리가 산천에 진동했다. 홍원수가 이 말을 듣고, 투구를 고쳐 쓰고 우레와 같이 소리치며, 말을 채찍질해 달려들며 크게 꾸짖었다.

"적장은 나의 황상을 해치지 마라. 평국이 여기 왔노라."

맹길이 겁을 먹고 말을 돌려 도망치자, 홍원수가 크게 꾸짖었다.

"네가 가면 어디로 가겠느냐? 도망치지 말고 내 칼을 받아라."

홍원수가 철통같이 달려가니, 홍원수의 준총마가 시뻘건 주둥이를 벌리고 순식간에 맹길이 탄 말의 꼬리를 물고 늘어졌다. 맹길이 크게 놀라 몸을 돌이켜 긴 창을 높이 들고 홍원수를 해치고자 했으나, 홍원수가 크게 분노하며 칼을 들어 맹길을 치니, 두 팔이 떨어져나갔다. 또 이리저리 헤집고 다니며 적군의 군사를 모조리 죽여 없애니, 피가 흘러 냇물을 이루고 주검이 산과 같이 쌓였다.

이때 천자와 신하들이 넋을 잃고 어쩔 줄 몰라 하다가, 천자가 손가락을 깨물려고 하자, 홍원수가 얼른 말에서 내려 엎드려 통곡했다.

"폐하는 옥체를 상하게 하지 마십시오. 평국이 왔습니다."

천자는 혼미한 와중에도 평국이란 말을 듣고 한편으로는 반기고, 한편으로는 슬퍼하면서 홍원수의 손을 잡고 눈물을 흘릴 뿐 아무 말도 하지 못했다. 홍원수가 천자의 옥체를 보호하니, 천자가 이윽고 정신을 진정하여, 홍원수에게 고마움을 표시하며 말했다.

"짐이 바야흐로 외로운 넋이 되려다가 원수의 덕택으로 사직을 보전하게 되었으니, 원수의 은혜를 무엇으로 갚으리오? 원수는 만리 변방에서 어떻게 알고 와서 짐을 구하였는가?"

홍원수가 엎드려 말했다.

"천기를 보고는 군사를 중군장에게 부탁하고 즉시 황성에 도달해보니, 장안은 비었고 폐하의 거처를 몰라 주저하고 있는데, 마침 시아버지인 여공이 수챗구멍에서 나오기에 여쭤보고는 바로 와서……"

홍원수는 맹길을 사로잡은 일을 대강 아뢰고 나와서, 적진의 포로들을 모두 결박해 앞세우고 황성으로 향했다. 홍원수의 말은 천자를 모시고, 맹길이 탔던 말은 홍원수가 탔다. 행군 북을 맹길의 등에 지우고 신하에게 북을 치게 하며 환궁했다. 천자가 말 위에서 용포龍袍 소매를 들어 춤추며 즐거워했다. 모든 신하와 홍원수도 함께 팔을 들어 춤을 추며 즐겁게 천태령을 넘어왔다. 장안은 고요하고 쓸쓸하며 대궐은 터만 남았으니, 어찌 기가 막히지 않겠는가?

천자가 좌우를 돌아보며 통곡했다.

"짐이 덕이 없어 무죄한 백성과 황후, 황태자가 불속에서 외로운 혼이 되었는데, 무슨 염치로 황제의 자리를 차지하고 있겠는가?"

홍원수가 여쭈었다.

"폐하께서는 너무 염려하지 마십시오. 하늘이 성상을 내신 것은 저 무도한 도적으로 하여금 액을 당하게 함이요, 다음으로 저를 내신 것은 환란을 평정하게 함입니다. 이는 다 하늘이 정하신 것인데 어찌 하늘이 정한 운수를 피할 수 있겠습니까? 슬픔을 참고 폐하께서 머무실 곳을 정하신 뒤 황후와 황태자의 거처를 수소문해보시지요."

천자가 말했다.

"대궐이 빈 터만 남았는데, 어디로 가서 안정을 취한단 말인가?"

이때 여공이 수챗구멍에서 나와 천자께 엎드려 통곡했다.

"제가 살기만 도모해 폐하를 모시지 못했으니, 저를 속히 죽여 후인을 징계하십시오."

천자가 말했다.

"짐이 그대 때문에 변을 당한 것이 아닌데, 어찌 그대의 죄라 하겠는가? 그러니 조금도 염려하지 마라."

여공이 또 아뢰었다.

"폐하께서 아직 안정하실 곳이 없으니, 홍원수가 머물던 집으로 가시지요."

천자가 즉시 종남산 아래로 와보니, 외로이 집만 남아 있었다. 천자는 위국공이 지내던 황화전에 자리를 정했다.

이튿날 이른 아침에 홍원수가 아뢰었다.

"도적을 벨 무사가 없어 제가 나가야 하오니, 폐하께서는 지켜보십시오."

홍원수가 도적을 차례로 앉히고, 삼척 검을 들어 적졸을 다 벤 후 칼을 비스듬히 들고, 천자에게 아뢰었다.

"저 도적은 제 원수입니다. 죄목을 다스리려 하니 보십시오."

홍원수가 높이 앉아, 맹길을 가까이 꿇리고 말했다.

"네가 초나라 땅에 산다 하니, 그 지명을 자세히 이르거라."

맹길이 아뢰었다.

"제가 사는 곳은 소상강 근처입니다."

홍원수가 말했다.

"네가 수적이 되어 강으로 다니며 장삿배를 탈취했느냐?"

맹길이 말했다.

"흉년으로 굶주림을 견디지 못해 무리를 이끌고 수적이 되어 인명을 살해했습니다."

홍원수가 또 물었다.

"예전에 엄자릉 조대에서 홍시랑 부인을 비단으로 동여매고, 그 품에 있던 어린아이를 이불에 싸서 강물에 넣은 일이 있느냐? 바로 아뢰어라."

맹길이 그 말을 듣고 꿇어앉아 말했다.

"이제 죽게 되었는데, 어찌 속이겠습니까? 과연 그리했습니다."

홍원수가 말했다.

"내가 바로 그때 이불에 싸여 물에 던져진 계월이다."

맹길이 그 말을 듣고 깜짝 놀라 정신이 아득해졌다.

홍원수가 친히 내려가 맹길의 상투를 잡고 목을 동여 배나무에 매달았다.

"너 같은 놈은 한 점 한 점 깎아 죽일 것이다."

홍원수가 칼을 들어 살점을 한 점 한 점 오려놓고 배를 갈라 간을 내어 하늘에 고하고 천자에게 아뢰었다.

"폐하의 넓으신 덕택으로 평생 소원을 다 풀었으니, 이제 죽어도 한이 없습니다."

천자가 칭찬하며 즐거워했다.

"이는 그대의 충효에 하늘이 감동하신 것이다."

이때 천자가 보국의 소식을 몰라 염려하자, 홍원수가 아뢰었다.

"제가 중군장을 데려오겠습니다."

홍원수가 이날 떠나려 하는데, 마침 중군장이 올린 장계가 도착했다.

대원수 평국이 황성을 구하러 간 사이 소신이 한번 북을 쳐서, 오나라와 초나라 양국으로부터 항복을 받았습니다.

천자가 홍원수를 보고 말했다.

"이제 오나라와 초나라의 두 왕을 사로잡았다 하니, 이런 기별을 듣고 어찌 앉아서 맞이하겠는가?"

천자가 모든 신하를 거느리고 거둥하는데, 평국이 선봉에 서고, 천자는 스스로 중군이 되어 신하들을 좌우에 세우고 보국의 진으로 갔다. 선봉장 평국이 갑주를 갖추고 백총마를 탄 채 수기를 잡고 앞으로 나아갔다.

아내의 장난

이때 보국은 오나라와 초나라 두 왕을 잡아 앞세우고 황성을 향해 오면서 바라보니 한 장수가 모래사장으로 들어왔다. 자세히 살펴보니 수기와 칼 빛은 홍원수의 것이나, 말은 준총마가 아니고 백총마였다. 이에 중군장 보국이 진을 치면서 의심했다.

'적장 맹길이 병사들을 숨겨놓고 홍원수의 모습으로 변장해 나를 유인하는 것이리라.'

천자가 그 거동을 보고, 평국을 불러 말했다.

"중군장이 그대를 적장으로 여겨 의심하는 듯하니, 그대는 적장인 체하고 중군장을 속여 오늘 재주를 시험해 짐에게 보여라."

홍원수가 아뢰었다.

"폐하의 지시가 신의 뜻과 같사오니 그리하겠습니다."

홍원수가 갑옷 위에 검은 군복을 입고 모래사장에 나서며, 수기를 높이 들고 보국의 진으로 향했다. 보국이 적장인 줄 알고 달려들자, 평국이 곽도사에게 배운 술법을 베풀었다. 그러자 순식간에 대풍이 일어나며 검은 안개가 자욱해 지척을 분간하지 못할 정도였다. 보국이 어쩔 줄 몰라 겁을 먹었다.

그사이 홍원수가 고함을 치며 달려들어, 보국의 창검을 빼앗아 손에 들고, 보국의 멱통을 잡아 공중에 들고 천자가 있는 곳으로 갔다. 이때 보국이 홍원수의 손에 매달려오며, 소리를 크게 질러 홍원수를 불렀다.

"홍원수는 어디 가서 보국이 죽는 줄도 모르는고?"

보국의 우는 소리가 진중에 들썩였다. 홍원수가 이 말을 듣고 웃으며 말했다.

"너는 홍원수에게 잡혀 매달려오면서, 무슨 일로 홍원수를 부르느냐?"

그러면서 홍원수가 손바닥을 치며 크게 웃었다. 보국이 그 말을 듣고 정신을 차려보니, 과연 홍원수였다. 보국이 슬픔은 온데간데없이 사라지고 도리어 부끄러워져서 눈물을 거두었다.

천자가 크게 웃으며 보국의 손을 잡고 위로했다.

"중군장은 원수에게 욕본 것을 털끝만큼도 마음에 두지 마라. 홍원수가 자의로 그런 것이 아니라, 짐이 그대들의 재주를 보려고 시킨 것이다. 지금은 전쟁터인지라 욕보았으나, 적을 진압한 후 돌아가면 예로써 중군장을 남편으로 섬길 것이니, 부부의 의를 상하게 하지 마라."

천자가 그 재주를 끝없이 칭찬하고 보국을 위로했다. 그제야 보국이 웃으며 말했다.

"폐하의 지시가 지극히 당연하십니다."

일행이 황성을 향해 돌아올 때, 오나라와 초나라 두 왕의 등에 행군북을 지우고, 무사에게 북을 울리게 하며, 평원 광야를 가로질러 별사곡을 지나, 황성에 도달해 종남산 아래로 들어갔다. 천자가 황화전에 앉아 무사에게 명하여, 오나라와 초나라 두 왕을 결박해 계단 아래에 꿇리고 꾸짖었다.

"너희가 반역하는 마음을 품고 황성을 침범했으나, 하늘이 무심치 않아 너희를 잡아왔으니, 너희를 다 죽여 온 나라에 빛낼 것이다."

즉시 무사에게 명령해 두 왕을 문밖에 내어 뭇사람에게 보이고 처형했다.

그후 천자는 황후와 태자를 위해 제문을 지어 제사를 지내고, 군사들에게 음식을 주어 위로한 후 장수들의 공로를 차례로 치사했다. 그리고 국호를 새로 고치고 즉위해 조서를 내려 과거를 실시하고 조정의 직위를 정했다. 보국에게는 좌승상 벼슬을, 평국에게는 대사마 대도독 위왕의 벼슬을 내리고 매우 기뻐했다.

평국이 말했다.

"폐하의 넓으신 덕택으로 제가 분수에 넘치게도 벼슬에 올라 천하를 평정했습니다. 이는 다 바다와 같은 폐하의 덕이지, 어찌 저의 공이라 하겠습니까? 하물며 제 팔자가 기박해 친부모와 시어머니를 잃었으니 이제 여자의 도리를 차려 돌아가신 부모님의 신위를 지키고자 합니다."

평국이 열두 개 병부兵符, 군대를 동원하는 표지로 쓰던 동글납작한 나무패와 대원수의 인수와 수기를 바치며 눈물을 흘렸다. 천자가 슬퍼하며 말했다.

"이는 다 짐의 덕이 부족한 탓이니, 그대를 보기 부끄럽구나. 그러나 위국공 부부와 공렬부인이 어디로 피란했는지는 소식이 있을 것이니, 그대는 안심하라."

천자가 이어서 말했다.

"그대가 아녀자로서 집 안에 처하겠다 하고 병부와 인신印信, 도장이나 관인 따위를 통틀어 이르는 말을 모두 바치니, 다시는 부리지 못할 것이다. 그러나 임금과 신하 사이의 의를 잃지 말고 한 달에 한 번씩 문안하여, 짐의 울적한 마음을 덜어달라."

그런 뒤 인수와 병부를 도로 내주었다. 평국이 땅에 엎드려 여러 번 사양하다가 마지못해 인신을 가지고 보국과 함께 나오니 누군들 칭찬하지 않겠는가? 평국이 돌아와 여자 옷으로 갈아입고 그 위에 조복을 또 입고 여공을 뵈었다. 여공이 매우 기뻐하며 일어나 맞이하자, 홍원수는 죄송스러운 마음을 품었다.

홍원수가 여공을 모시고 여러 신하를 두루 청한 뒤 부모님의 신위와 시어머님의 신위를 모시고 승상 보국과 함께 발상發喪, 죽은 사람의 혼을 부르고 나서 머리를 풀고 슬피 울어 초상난 것을 알림. 또는 그런 절차하고 통곡하니, 보는 사람이 눈물을 흘리지 않는 이가 없었다. 이후부터는 예로써 남편 보국을 섬기니, 보국은 한편으로 기뻐하고 한편으로 두려워했다.

위국공 홍무 일행이 황후와 태자를 만나 귀경하다

위국공이 피란하여 부인과 여공의 부인이며 춘랑, 양윤을 데리고 동쪽을 향해 가다가 큰 물가에 다다랐다. 그때 시녀들이 황후와 황태자를 모시고 강가에 앉아 건너지 못해 서로 붙든 채 통곡하고 있었다. 위국공이 얼른 가서 엎드리니, 황후와 태자가 보고 매우 기뻐하며 눈물을 흘렸다. 위국공이 위로하여 말했다.

"이번 변란은 어찌할 수 없으나 천자의 성덕이 넓으시니 어찌 하늘이 무심하겠습니까? 엎드려 빌건대, 황후 전하께서는 옥체玉體를 보호하십시오."

그때 문득 남쪽에서 사람 소리가 나기에 놀라 살펴보니, 태산이 있는데 마치 하늘에 닿을 듯했다.

위국공이 황후와 태자를 모시고 여러 부인과 시녀를 데리고 그 산속으로 들어가니, 수많은 봉우리와 산골짜기가 눈앞에 둘러져 있었다. 산길을 넘고 물길을 건너다가 눈을 들어보니, 한 초당이 있었다. 위국공이 들어가 주인을 부르자, 도사가 초당에 앉아 있다가 위국공을 보고 곧바로 나와 소매를 잡고 물었다.

"무슨 일로 이 깊은 산중에 오셨습니까?"

위국공이 말했다.

"국운이 불행하여 뜻밖에 난리를 당해, 황후와 태자를 모시고 왔습니다."

도사가 놀라 물었다.

"어디에 계십니까?"

위국공이 대답했다.

"문밖에 계십니다."

도사가 말했다.

"황후와 모든 부인을 안으로 모시고 태자와 위국공은 초당에 계시다가 난리가 평정되면 황성으로 가십시오."

위국공이 나와서 황후와 모든 부인과 시녀를 안으로 모셨다. 태자와 위국공은 초당에서 밤낮으로 서러워했다. 하루는 도사가 산에 올라가 천기를 보고 내려와 위국공에게 말했다.

"이제는 평국과 보국이 도적을 진압하고 본국에 돌아와 여공을 섬기고 있습니다. 상공과 부인의 신위를 차려놓고 밤낮으로 통곡하며, 황상께서 황후와 태자의 존망存亡을 알지 못해 눈물로 지내고 있으니, 빨리 나가십시오."

위국공이 놀라서 말했다.

"제가 평국의 아비인 줄 어찌 아십니까?"

도사가 말했다.

"자연히 압니다. 얼른 나가십시오."

도사가 봉한 편지 한 통을 주며 말했다.

"이 편지를 평국과 보국에게 주십시오."

도사가 길을 재촉하자, 위국공이 감사를 표했다.

"존공尊公의 덕택으로 많은 목숨을 보존하여 돌아가니, 은혜를 잊을 수 없습니다. 이곳의 지명은 무엇이라 합니까?"

도사가 말했다.

"이곳의 지명은 익주이고, 산 이름은 천명산이라 합니다. 저는 정처 없이 다니는 사람으로, 산수를 구경하며 다니다가 황후와 태자와 상공을 구하려고 이 산중에 왔습니다. 이제는 저도 이곳을 떠나 촉 지방의 산속으로 가려 합니다. 이후에는 다시 뵈올 날이 없을 것이니, 부디 조심하시어 평안히 행차하십시오."

도사가 길을 재촉하자, 위국공은 도사에게 이별의 인사를 올리고 황후와 태자, 그리고 여러 부인을 모시고 절벽 사이로 내려와 백운동 어귀로 나오니, 전에 보던 황하강이 있었다. 강가로 오며 지난일을 생각하고 눈물을 흘리며 백사장을 지났다. 용봉태를 넘고 부춘동을 지나 오경루에 와서 하룻밤 묵었다. 그리고 이튿날 출발해 파주 성문 밖에 다다르니, 수문장이 문을 굳게 닫고 군사를 시켜 물었다.

"너희 행색이 괴이하다. 너희는 어떤 사람이기에 행색이 이리 초라한가? 속이지 말고 바른대로 말하라."

그러고는 성문을 열어주지 않아 시녀와 위국공이 크게 소리쳤다.

"우리는 이번 난리에 황후와 태자를 모시고 피란했다가 지금 황성으로 가는 길이다. 너희는 의심하지 말고 성문을 빨리 열어라."

군사가 이 말을 듣고 관수에게 즉시 아뢰었다. 관수가 놀라 얼른 나와 성문을 열고 땅에 엎드려 여쭈었다.

"모르고 문을 더디 열었으니, 죄를 지었습니다."

태자와 위국공이 말했다.

"그럴 수도 있으니 너무 염려하지 마라."

일행이 관으로 들어가니, 관수 일행이 정성껏 대접하는 한편 이 소식을 황성으로 올려 임금에게 알렸다.

이때 천자는 황후와 태자가 죽은 줄 알고 궐 안에 신위를 차려놓고 제사를 지내며 슬피 울고 있었다. 마침 남관의 수문장이 올린 장계가 도착해 뜯어보았다.

위국공 홍무는 황후와 태자를 모시고 남관에 머물고 있습니다.

천자가 보고 한편으로 기뻐하고 한편으로 슬퍼하며 즉시 계월에게 알려주었다. 계월이 이 말을 듣고 매우 기뻐하며, 즉시 조복을 입고 궁궐로 들어가 엎드렸다. 천자가 반갑게 맞이하며 말했다.

"하늘이 짐을 위해 경의 부친과 경을 내셨도다. 이번에 위국공이 황후를 보호해 목숨을 보존케 했으니, 이 은혜를 무엇으로 갚겠는가?"

계월이 머리를 조아렸다.

"이는 다 폐하의 넓으신 덕으로 하늘이 살피신 것입니다. 어찌 신의 아비의 공이라 하십니까?"

계월은 즉시 위의를 갖추어 승상 보국을 보내, 황후와 태자 일행을 모셔오게 했다. 천자는 신하들을 거느리고 요지연에서 잔치를 베풀었다. 계월은 대원수의 위엄을 세우고 낙성관까지 영접하러 나갔다.

이때 승상 보국이 남관에 다다라, 위국공 부부와 어머니 앞에 엎드려 통곡하니, 위국공이 승상의 손을 잡고 눈물을 흘리며 말했다.

"하마터면 너를 보지 못할 뻔했도다."

슬픔을 감출 수가 없었다.

이튿날 황후와 태자를 옥가마에 모시고, 두 부인은 금가마에 모셔서 태우고 왔다. 춘랑과 양윤, 그리고 시녀들은 모두 교자에 타고, 황후와 태자 일행의 좌우를 시위했다. 위국공은 금안장을 얹은 준마 위에 꼿꼿하게 앉아 있었다. 삼천 궁녀가 녹의홍상 차림으로 황촉黃燭, 밀랍으로 만든 초을 들고 가마들을 지켜 보호하고, 좌우에서는 풍류를 울리고, 승상은 그 뒤에서 군사를 거느렸으니 그 찬란함을 어찌 헤아릴 수 있겠는가?

떠난 지 삼일 만에 낙성관에 다다르니, 계월이 낙성관에 와서 기다리고 있다가 황후의 행차를 보고 곧바로 나가 영접하며 평안히 오셨는지 안부를 여쭙고, 물러나와 시어머니 앞에 엎드려 통곡했다. 위국공과 두 부인이 계월의 손을 잡고 눈물을 흘리며 한편으로 기뻐하고 한편으로 슬퍼했다.

밤새도록 이야기를 나누고, 이튿날 길을 떠나 청운관에 다다랐다. 천자가 장대 위에 앉아서 황후를 맞이하니, 상하 일행이 장대 아래에 이르러 땅바닥에 엎드렸다. 천자가 눈물을 흘리며 피란하던 사연을 묻자, 황후와 태자가 고생한 사연을 낱낱이 아뢰고, 위국공을 만난 이야기를 자세히 고했다. 천자가 듣고는 위국공에게 감사를 표했다.

"그대가 아니었다면 황후와 태자를 어찌 다시 볼 수 있었겠는가?"

천자가 무수히 고마움을 표하시니 위국공 부부는 감사 인사를 드리고 물러나왔다. 이날 천자는 앞장서서 궁으로 돌아와 궁궐을 다시 지어 예전과 같이 번화함을 되찾고 한껏 즐겼다.

하루는 위국공이 계월과 보국을 불러 도사의 편지를 주었다. 뜯어보니 선생의 필적이었다. 편지에 이렇게 쓰여 있었다.

> 편지 한 통을 평국과 보국에게 부치니 슬프다. 명현동에서 함께 공부하던 정이 백옥같이 중하구나. 한번 이별한 후로 정처 없는 몸이 되어 적막한 산과 들로 다니고 있다. 너희를 생각하는 정이야 어찌 다 헤아릴 수 있겠느냐마는, 노인의 갈 길이 만리에 막혔으니, 슬프도다. 눈물에 소매가 젖었구나. 이후에는 다시 보지 못할 것이니, 부디 위로는 천자를 섬겨 충성을 다하고, 아래로는 부모를 섬겨 효성을 다해, 그리워하던 한을 풀고 부디 별 탈 없이 잘 지내거라.

평국과 보국은 편지를 다 읽고 나서 눈물을 흘리며 그 은혜를 생각하며 하늘을 향해 거듭거듭 감사의 뜻을 표했다.

부귀영화를 누리다

천자는 위국공 홍무의 벼슬을 올려주었다. 위국공을 초왕에, 여공을 오왕에 임명하고, 많은 비단을 내려주며 말했다.

"오나라와 초나라 양국이 정사를 폐한 지 오래되었으니, 얼른 떠날 채비를 하고 가서 나랏일을 다스리도록 하라."

천자가 길을 재촉하자, 오나라와 초나라 두 왕이 천자의 은혜에 감사의 뜻을 표하고 물러나와 길 떠날 채비를 하는데, 부자 부녀가 서로 이별하는 정이 이루 다 비할 데가 없었다.

이때 승상 보국의 나이 마흔다섯 살이 되어 삼남일녀를 두었는데, 모두 영민하고 지혜로웠다. 맏아들을 오나라 태자로 보내고, 둘째 아들은 성을 홍이라 하여 초나라 태자로 보냈다. 셋째 아들은 훌륭한 가문의 딸과 혼인하여, 벼슬길에 올라 충성을 다해 임금을 섬기고 백성을 어질고 의롭게 다스렸다.

천자의 성덕으로 나라가 태평하고 풍년이 들어 백성은 격양가를 부르며 함포고복含哺鼓腹, 잔뜩 먹고 배를 두드린다는 뜻으로, 먹을 것이 풍족해 즐겁게 지냄을 이르는 말하니, 산에는 도적이 없고, 길에 떨어진 물건을 주워가는 사람이 없었다. 요순시대와 같은 태평 시절이었다. 계월의 자손이 대대로 높은 관직에 올라 만세까지 많은 복을 누리니, 이런 장하고도 신기한 일이 또 있을까? 대강 기록하여 세상 사람들에게 보여주고자 한다.

| 원본 |

홍계월전

홍계월의 탄생

各說[1] 大明 셩화 年間ᄋᆡ 荊州 九溪村의 ᄒᆞᆫ ᄉᆞ롬 잇스되, 姓은 洪이요, 名은 무라. 世代 명문거족으로 少年 급제ᄒᆞ여 베살이 니부시랑의 잇셔 忠孝 강직ᄒᆞ니, 天子 ᄉᆞ랑ᄒᆞᄉᆞ 國事을 議論ᄒᆞ시니, 만조百官이 시긔ᄒᆞ여 모함ᄒᆞᄆᆡ 無罪이 삭탈관직ᄒᆞ고 故鄕의 도라와 農業을 힘스니, 家世[2]는 요부[3]ᄒᆞ나, 膝下의 릴졈헐눅 읍셔 每日 설어ᄒᆞ더니, 日日은[4] 夫人 梁氏로 더부러 츄연 嘆曰,

"長年[5] 四十의 男女간 子息이 읍셔 우리 죽은 後의 後事[6]을 뉘계 傳ᄒᆞ며 地下의 도라가 祖上을 읏지 뵈오리오?"

1) 各說: '話說(화설)'의 오기. 회동서관본에는 '화셜'로 표기되어 있다.
2) 家世: '家勢(가세)'의 오기. 집안의 운수나 살림살이 따위의 형세.
3) 요부(饒富): 부요(富饒). 부유.
4) 日日은: '一日(일일)은'의 오기. 하루는.
5) 長年: '壯年(장년)'의 오기. 회동서관본에는 '연광(年光)'으로 표기되어 있다.
6) 後事: '後嗣(후사)'의 오기. 대를 잇는 자식.

부인이 피셕[7] 對曰,

"不孝三千의 無后위딕[8]라 ᄒᆞ오니, 妾이 尊門의 依탁ᄒᆞ온지 이십여 년이라. ᄒᆞᆫ낫 子息이 읍셔오니, 何面目으로 相公을 뵈오잇가? 복원 상공은 다른 가문에 어진 淑女을 취ᄒᆞ여 後孫을 보올진딕 쳡도 七去之惡을 면ᄒᆞᆯ가 ᄒᆞᄂᆞ니다."

侍郎이 위로 曰,

"이ᄂᆞᆫ 다 나의 팔ᄌᆡ라. 읏지 夫人의 罪라 ᄒᆞ리요? 此後난 그런 말숨 마으쇼셔." ᄒᆞ더라.

이ᄯᆡ는 秋九月 望間이라. 부인이 侍婢을 다리고 望月樓의 올나 月色을 구경ᄒᆞ더니, 忽然 몸이 곤ᄒᆞ여 난간의 의지ᄒᆞ믹, 비夢간[9]의 仙女 ᄂᆡ려와 부인계 再拜 曰,

"少女는 上帝 侍女ᄋᆸ더니, 上帝계 得罪ᄒᆞ고 人間의 ᄂᆡ치시믹, 갈 바을 모로더니, 帝尊[10]이 부인 宅으로 지시ᄒᆞᄋᆸ기로 왓나이다."
ᄒᆞ고, 품속의 들거놀, 놀나 ᄭᆡ다르니 平生 딕몽이라.

분인[11]이 大喜ᄒᆞ여 侍郎을 쳥ᄒᆞ여 夢事을 일으고 貴子 보기을 바라더니, 과연 그 달부틈 티긔[12] 잇셔 十朔이 ᄎᆞ믹, 日日은 집 안의 향취 진동ᄒᆞ며 夫人이 몸이 곤ᄒᆞ여 枕席의 누어더니, 과연 ᄋᆞ희을 탄싱ᄒᆞ믹 女子라.

仙女 하놀노 ᄂᆡ러와 옥병을 기우려 아기을 싯겨 뉘이고 曰,

"夫人은 이 아기을 잘 길너 後福[13]을 바드쇼셔."

---

7) 피셕(避席): 공경의 뜻을 나타내기 위해 웃어른을 모시던 자리에서 일어남.
8) 불효삼천(不孝三千)에 무후위대(無後爲大): 삼천 가지 불효 중 자식 없는 것이 가장 큰 불효라는 말.
9) 비夢간: '비몽사몽간(非夢似夢間)'에서 '사몽'이 빠졌다.
10) 帝尊: '世尊(세존)'의 오기. 회동서관본에는 '셰존'으로 표기되어 있다.
11) 분인: '부인'의 오기.
12) 티긔: '태기(胎氣)'의 오기. 회동서관본에는 '틱긔'로 표기되어 있다.
13) 後福: '厚福(후복)'의 오기.

ᄒᆞ고, 인ᄒᆞ여 나가며 曰,

"오ᄅᆡ지 안이ᄒᆞ여 뵈올 날이 잇ᄉᆞ오리다."

ᄒᆞ고, 문을 얼고 나가거놀, 부인 시郞을 청ᄒᆞ여 아희을 뵈인ᄃᆡ, 얼골이 桃花갓고 향ᄂᆡ 진동ᄒᆞ니, 진실노 月宮항아라. 긧부미 측양 읍서나 男子 안이물 한ᄒᆞ더라. 일홈을 계월이라 ᄒᆞ고, 長즁보玉[14]갓치 ᄉᆞ량ᄒᆞ더라.

桂月이 졈졈 ᄌᆞ라ᄆᆡ 얼골이 桃花갓고 쏘ᄒᆞᆫ 영민ᄒᆞᆫ지라. 侍郞이 桂月이 항유[15] 단명헐가 ᄒᆞ여, 江湖 짱의 郭道士라 ᄒᆞ난 ᄉᆞ람을 請ᄒᆞ여 桂月의 상을 뵈인ᄃᆡ, 도ᄉᆡ 이윽키 보다가 曰,

"이 아희 상을 보니, 五歲의 父母을 이별ᄒᆞ고, 十八歲의 父母을 다시 만나 功后爵녹[16]을 눌일 거시요. 명망이 天下의 가득할 거시니, 가장 吉ᄒᆞ도다."

侍郞이 그 말을 듯고 놀나며 曰,

"明白키 가으치쇼셔."

道士 曰,

"그 박계는 아는 일이 읍고, 쳔긔을 누셜치 못ᄒᆞ긔로 ᄃᆡ강 셜화ᄒᆞᄂᆞ이다."

ᄒᆞ고, ᄒᆞ직ᄒᆞ고 가는지라.

시낭이 道士의 말을 듯고, 도로여 안이 들름만 갓지 못ᄒᆞ여, 夫人을 ᄃᆡᄒᆞ여 이 말을 일으ᄆᆡ, 염여 무궁ᄒᆞ여 桂月을 男服을 입펴 草堂의 두고 글을 가으치니, 일男쳑긔[17]라.

14) 長즁보玉: '掌中寶玉(장중보옥)'의 오기.
15) 항유: 미상(未詳). 회동서관본에는 '힝여'로 표기되어 있다. '힝여'는 '어쩌다가 혹시'라는 뜻이다.
16) 功后爵녹: '公侯爵祿(공후복록)'의 오기.
17) 일男쳑긔: '一覽輒記(일남첩기)'의 오기. 한 번 보면 잊지 않음.

시랑이 自嘆 曰,

"너가 만일 男子 되야던들 우리 門戶의 더욱 빗닐 것슬 이달도다." ᄒᆞ더라.

장사랑의 난이 일어나고, 아버지와 헤어지다

歲月이 如流ᄒᆞ여 桂月의 나희 五歲가 當ᄒᆞ지라. 이ᄯᅵ 시랑이 親舊 鄭士道을 보랴고 ᄎᆞᄌᆞ갈ᄉᆡ, 元來 鄭士道는 皇城의셔 ᄒᆞᆫ가지(로) 벼살ᄒᆞᆯ 졔 극진ᄒᆞᆫ[1] 벗시라. 小人 참쇼을 만나 베슬을 하직ᄒᆞ고, 故鄕 會溪村의 나여은 지 二十年이라. 侍郞이 이날 ᄯᅥ나 楊州로 向ᄒᆞ여 會溪村을 ᄎᆞ져 갈ᄉᆡ, 三百五十里라 얼어 날만의 다다르니, 鄭士道 侍郞을 보고, 당의 ᄂᆡ여 손을 잡고 ᄃᆡ희ᄒᆞ여 座을 定ᄒᆞᆫ 後의 積年 회표을 위노ᄒᆞ며 (曰),

"이 몸 베살을 하직ᄒᆞ고 이곳의 와 草木을 의지ᄒᆞ여 歲月을 보ᄂᆡ되, 다른 벗시 읍셔 寂寞ᄒᆞ던니, 千萬 意外의 시랑이 不遠千里ᄒᆞ고 일어틋 바린 몸을 ᄎᆞ져와 위로ᄒᆞ니 감격ᄒᆞ여이다."

ᄒᆞ며, 질겨ᄒᆞ더니, 시랑이 三日 後의 하직ᄒᆞ고 ᄯᅥ날ᄉᆡ, 셥셥ᄒᆞᆫ 情을 읏지 층양[2]ᄒᆞ리오. 侍郞이 이날의 南北村의 와 자고 이튼날 鷄鳴의 ᄯᅥ나

1) 극진ᄒᆞᆫ: 회동서관본에는 '극친(極親)ᄒᆞᆫ'으로 표기되어 있다.
2) 측량(測量): 생각하여 헤아림.

냐 ᄒᆞ더니, 멀이셔 징북쇼릐 들이더니, 鼓角셩[3)]이 진동ᄒᆞ여 쌍이 울이거ᄂᆞᆯ, 시랑이 놀ᄂᆡ 나셔 바라본니, 얼어 百姓이 쪽겨 오거날, 시랑이 무르니, 答曰,

"北方졀도ᄉᆞ 張使郎[4)]이 楊州牧使 周道와 合力ᄒᆞ여 군ᄉᆞ 十萬을 거나이고 荊州 九十餘 城을 항복밧고, ᄀᆡ州ᄌᆞᄉᆞ 張氣을 베히고, 至今 皇城을 범ᄒᆞ여 作亂이 甚ᄒᆞ여 ᄇᆡᆨ셩을 무슈이 죽이고 가산을 노냑ᄒᆞᄆᆡ, 살긔을 도모ᄒᆞ여 폐亂ᄒᆞ나이다."

ᄒᆞ거날, 시랑이 그 말 듯고 天地가 아득ᄒᆞ여 山中으로 들여가며 夫人과 桂月을 ᄉᆡᆼ각ᄒᆞ고 슬피 우니 가련ᄒᆞ더라.

이ᄯᅴ 부인은 시랑 도라오심을 기다리더니, 이날 밤의 문득 들이는 쇼릐 요亂ᄒᆞ거ᄂᆞᆯ 잠결의 놀ᄂᆡ ᄭᆡ다르니, 시婢 양뉸이 急告 曰,

"北方 盜賊이 千兵萬馬을 모라 들여오며 ᄇᆡᆨ셩을 無數이 쥭이고 노약ᄒᆞ니 避亂ᄒᆞ느라고 요난ᄒᆞ온니 이 일을 읏지 ᄒᆞ오잇가?"

夫人 ᄃᆡ경ᄒᆞ여 桂月을 안고 痛哭 曰,

"이졔는 시랑이 中路의셔 盜賊의 모진 칼의 죽어ᄯᅩ다."

ᄒᆞ며, ᄌᆞ결코ᄌᆞ ᄒᆞ니, 시비 냥뉸이 위로 曰,

"아직 시량의 存亡을 몰으옵고 일어틋 ᄒᆞ시니잇가?"

夫人 그러이 어겨 진정ᄒᆞ여 울며, 계월을 楊允이 등의 업피고 南方을 向ᄒᆞ여 가더니, 十里을 다 못 가셔 泰山이 잇거날, 그 山中의 들어가 의지코자 ᄒᆞ여 밧비 가며 도라본니, 도젹이 발셔 ᄌᆞᆺ쳐오난지라.

楊允이 아기을 업고 ᄒᆞᆫ 손으로 부인 손을 ᄭᅳᆯ고 진심갈力ᄒᆞ여 계오 十里을 가ᄆᆡ 大江이 막키거날, 부인이 망극ᄒᆞ여 앙쳔 통곡 왈,

"이졔 도젹이 급ᄒᆞ니 ᄎᆞ라이 이 江水의 ᄲᅡ져 죽으리로다."

---

3) 고각(鼓角)성: 고각 소리. 회동서관본에는 '고각함셩'으로 표기되어 있다.
4) 장사랑(張使郎): 이하 '張仕郎', '장ᄉᆞ량', '장ᄉᆞ랑'으로 되어 있는데, 모두 동일 인물이다.

ᄒᆞ고, 계월을 안고 물의 뛰여들야 ᄒᆞ더니, 문득 北海로셔 쳐양ᄒᆞᆫ 져쇼릐 들이거날 바라보니, ᄒᆞᆫ 仙女 一葉舟을 타고 급피 오며 曰,

"夫人은 잠간 참으쇼셔."

ᄒᆞ며, 숀식간의 ᄇᆡ을 ᄃᆡ이고 오르기을 請ᄒᆞ거날, 부인이 황감ᄒᆞ여 梁允[5]과 桂月을 다리고 밧비 오으니, 仚女 ᄇᆡ을 져으며 曰,

"夫人은 小女을 알어보시나이가? 소녀는 夫人 ᄒᆡ복[6]ᄒᆞ실 ᄯᆡ의 求安[7]ᄒᆞ던 仚女로쇼이다."

부인이 졍신을 슈습ᄒᆞ여 ᄌᆞ셰이 보니, 그졔야 ᄭᆡ다라 曰,

"우리ᄂᆞᆫ 人世 미물이라. 눈이 어두어 몰나보와쏘다."

ᄒᆞ며, 치ᄉᆞ 曰,

"그ᄯᆡ 누지의 왓다가 총총 이별ᄒᆞᆫ 后로 ᄉᆡᆼ각이 간졀ᄒᆞ여 이즐 날이 읍더니, 오늘날 의외 만나온니 만향[8]이오며, 쏘ᄒᆞᆫ 水中 古魂[9]을 求[10]ᄒᆞ시니 감ᄉᆞ무지ᄒᆞ와이다. 은혜을 웃지 갑푸리가?"

仙女 曰,

"小女는 동빈 先生을 모시여 가옵더이 만일 늣계 왓던들 구치 못할 번ᄒᆞ엿도소이다."

(ᄒᆞ고), 陵巴曲을 부르며 져여 가니, ᄇᆡ ᄲᅡ르기 살갓튼지라. 숀식간의 언덕의 ᄃᆡ이고 ᄂᆡ리기을 ᄌᆡ촉ᄒᆞ니, 夫人이 ᄇᆡ의 ᄂᆡ여 치ᄉᆞ 무궁ᄒᆞ미, 仚女 曰,

"夫人은 千萬 保中[11]ᄒᆞ옵쇼셔."

---

5) 양윤(梁允): 앞에서는 '楊允'으로 표기했다가 여기부터 '梁允'으로 표기했다.
6) 해복(解腹): 해산(解産). 아이를 낳음.
7) 求安: '구완'의 오기.
8) 만향: '만힝(萬幸)'의 오기. 아주 다행함.
9) 古魂: '孤魂(고혼)'의 오기. 외로운 넋.
10) 求: '救(구)'의 오기.
11) 保中: '保重(보중)'의 오기. 몸을 잘 관리해 건강하게 유지함.

ᄒᆞ고, ᄇᆡ을 져어 가는 바을 아지 못할너라.

도적 장맹길에게 잡히고, 어머니와 헤어지다

夫人이 空中을 向ᄒᆞ여 無數이 謝禮ᄒᆞ고 갈밧 속으로 들어가며 살펴 보니, 草水 萬谷이요 吳山는 千峰이라[1]. 夫人과 梁允이 桂月을 다리고 시ᄂᆡ가에 안치고, 두루 단이며 葛根도 카야 먹고, 버들ᄀᆡ아지도 훌터 먹고, 계오 人事을 차여 졈졈 들어가니, ᄒᆞᆫ 졍ᄌᆞ각이 잇거놀 나아가 보니, 션판의 엄ᄌᆞ능의 조ᄃᆡ[2]라 ᄒᆞ여더라.

졍ᄌᆞ각의 올나 잠간 쉴ᄉᆡ, 양눈은 밥을 빌너 보ᄂᆡ고 桂月을 안고 홀노 안져더니, 문득 바라보니 江上의 ᄒᆞᆫ 大泛船이 졍ᄌᆞ을 向ᄒᆞ여 오거놀, 夫人이 놀ᄂᆡ 桂月을 안고 ᄃᆡ슈풀로 들어가 숨어더니, 그 ᄇᆡ 각가

1) 초수(草水) 만곡(萬谷)이요 오산(吳山)은 천봉(千峰)이라: '초수(草水)'는 '楚水'의 오기. 초수는 초나라의 강이고 오산은 오나라의 산이라는 뜻인데, 계곡과 산봉우리가 많음을 비유한 표현이다.
2) 엄자릉의 조대: 엄자릉(嚴子陵)은 엄광(嚴光)을 말한다. 어릴 때 광무제와 같이 공부했는데, 광무제가 즉위하자 이름을 바꾸고 숨어살았다. 광무제가 그를 찾아 벼슬을 내렸으나 그는 벼슬을 사양하고 부춘산(富春山)에 은거했다. 그가 낚시질하던 곳을 일컬어 '엄자릉 조대(釣臺)'라고 한다.

이 와 경ᄌᆞ 읍펴 ᄃᆡ이고, ᄒᆞᆫ 놈이 일으되,

"악가 江上의셔 바라보니, 女人 ᄒᆞ나 슈풀로 갓시니 ᄎᆞ지리라."

ᄒᆞ고, 모든 ᄉᆞ람이 일지의 ᄂᆡ다라 ᄃᆡ밧 속으로 달어 드어가 夫人을 잡아갈ᄉᆡ, 夫人이 쳔지 아득ᄒᆞ여 梁允을 부르며 痛哭ᄒᆞᆫ덜 밥 빌너 간 梁允이 웃지 알리요? 盜賊이 夫人의 등을 밀며 줍아다가 ᄇᆡ머리의 쑬이고, 無數이 실난ᄒᆞᄂᆞᆫ지라.

원ᄂᆡ 이 ᄇᆡ는 水賊의 무리라 水上으로 다니며 財物을 탈취ᄒᆞ여더니, 夫人을 또 겁칙ᄒᆞ더니 맛춤 이곳의 지ᄂᆡ다가 夫人을 만난지라. 水賊 張孟吉이라 ᄒᆞᄂᆞᆫ 놈이 夫人의 화용월ᄐᆡ 보고 마음의 흠모ᄒᆞ여 왈,

"ᄂᆡ 平生 天下一色을 웃고ᄌᆞ ᄒᆞ여더니 하날이 지시ᄒᆞ심이라."

깃거ᄒᆞ거놀, 夫人이 앙天 嘆曰,

"이졔 侍郎의 尊亡[3]을 아지 못ᄒᆞ고, 목숨 보存ᄒᆞ여오다가, 이곳의 와 이런 변을 만놀 쥴을 알아슬리요?"

ᄒᆞ며, 痛哭ᄒᆞ니, 草木禽獸도 다 슬여ᄒᆞ난 듯ᄒᆞ더라.

孟吉이 夫人의 셜어ᄒᆞᆷ을 보고, 諸人계 분부 曰,

"져 夫人을 手足을 놀이지 못ᄒᆞ계 비단으로 동여ᄆᆡ고, 그 아ᄒᆡ는 ᄌᆞ리의 ᄊᆞ셔 江水의 너흐라."

ᄒᆞᆫ니, 諸卒이 令을 듯고 江水의 너희야 ᄒᆞ니, 夫人이 손을 놀이지 못ᄒᆞᄆᆡ 몸을 기우려 입으로 桂月이 옷슬 물고 놋치 안니ᄒᆞ고 통곡ᄒᆞ니, 孟吉이 달려들어 桂月이 옷기셜 칼로 베희고 桂月을 물의 더지니, 그 망극ᄒᆞᆫ 말이야 웃지 다 층양ᄒᆞ리요?

桂月이 물의 쪄가며 울어 曰,

"어맘임, 이거시 웃지ᄒᆞᆫ 일이요? 어만암, 나는 쥭ᄂᆡ 밧비 살어쥬옵쇼셔. 물의 쪄가는 子息은 萬頃蒼波의 고기밥이 될야 ᄒᆞᄂᆞ잇가? 어맘

3) 尊亡: '存亡(존망)'의 오기. 생사(生死).

임 얼골이나 다시 봅시다. 죽어도 눈을 감고 못 쥭거니."
ᄒᆞ며, 우름쇼릐 졈졈 멀어가니, 夫人이 장즁보玉갓치 ᄉᆞ랑ᄒᆞ던 子息을 目前의 물의 죽는 양을 보미 읏지 안이 경신이 온젼ᄒᆞ리요?

"桂月아, 桂月아. 날과 함긔 죽ᄌᆞ."

ᄒᆞ며, 앙天통곡 氣絶ᄒᆞ니, 수中 ᄉᆞ람이 비록 盜賊이나 落淚 아이ᄒᆞ리 읍더라. 슬푸다! 梁允이 밥을 빌어 가지고 오다가 바라보니, 졍ᄌᆞ각의 ᄉᆞ람이 無數ᄒᆞᆫ듸 부인의 哭聲이 들이거날, 밧비 가보니, 夫人을 동여미고 분쥬ᄒᆞ거날, 梁允이 이 거동을 보고, 으든 밥을 그릇치 ᄂᆡ던지고, 夫人을 붓들고 大聲痛哭 (왈),

"이것시 어인 일이요? ᄎᆞ라리 올 ᄶᅵ의 그 물의셔나 빠져 죽어던들 일언 환을 아니 당헐 거슬, 이 일을 읏지할가? 아기는 어듸 잇나이가?"

梁允이 아기 물의 너흘 말을 듯고, 가슴을 두다리며 물의 ᄲᅥ어들야 ᄒᆞ니, 밍길이 또 ᄒᆞᆫ 賊卒을 號令ᄒᆞ야,

"져 게집을 마ᄌᆞ 동이라."

ᄒᆞ니, 賊卒이 다라들어 梁允을 마ᄌᆞ 동어미니, 죽지도 못ᄒᆞ고 仰天痛哭할 ᄲᅮᆫ일너라. 孟吉이 賊당을 ᄌᆡ촉ᄒᆞ어 ᄇᆡ을 급피 져(어), 집으로 도라와 夫人과 梁允을 침방의 가두고, 졔 게집을 불너 왈,

"ᄂᆡ 이 부인을 다려와스니, 너 조흔 말노 달ᄂᆡ야 夫人의 마음을 슌케 ᄒᆞ라."

ᄒᆞ니, 春郞[4]이 부인게 들어가 문曰,

"夫人은 무ᄉᆞᆷ 일노 이곳의 왓나이가?"

夫人이 對曰,

4) 春郞: '春娘(춘랑)'의 오기. 이하 동일.

"主부인[5]은 쥭게 된 인싱을 살리쇼셔."
ᄒᆞ며, 前後數말[6]을 일으거날, 춘낭이 曰,
"부인의 졍상을 보니 참혹ᄒᆞ어이다."
ᄒᆞ고, 曰,
"쥬인놈이 本ᄃᆡ 水賊으로 ᄉᆞ람을 만이 쥭이고, 또ᄒᆞᆫ 용밍 잇셔 一行千里ᄒᆞ오니, 도망ᄒᆞ기도 어렵고, 쥭ᄌᆞ ᄒᆞ여도 쥭지 못할 거시니, 아모리 싱각ᄒᆞ여도 불상ᄒᆞ어이다. 妾도 本ᄃᆡ 盜賊의 계집이 안이라, 大國 번陽 따 梁江道[7]의 女息으로 일직 喪夫ᄒᆞ고 홀로 잇솝던이, 이놈의게 잡펴와셔 목슘 도모ᄒᆞ여 이놈 계집이 되야ᄉᆞ오니, 모진 목슘 쥭지 못ᄒᆞ고 故鄕을 싱각ᄒᆞ면 졍신이 아득ᄒᆞ여이다. 글어나 잠간 싱각ᄒᆞ온즉 ᄒᆞᆫ 뫼칙[8]이 잇스되, 天幸으로 그 計教[9]ᄃᆡ로 뫼ᄒᆞ면,[10] 妾도 부인과 ᄒᆞ가지(로) 도망ᄒᆞ어이다."
ᄒᆞ고, 즉시 나와 당유[11] 모인 곳의 가보니, 초불을 발키고 賊黨이 左右의 갈나 안고 잔치을 ᄇᆡ셜ᄒᆞ고 酒肉을로 질길ᄉᆡ, 각각 酌을 들어 孟吉이게 치하 曰,
"오늘날 將軍이 美人을 으드사오니 ᄒᆞᆫ 잔 슐노 위로ᄒᆞ나이다."
ᄒᆞ고, 각각 ᄒᆞᆫ 잔식 권ᄒᆞ니, 밍길이 大醉ᄒᆞ어 쓰려지고 모든 당유도 다 자ᄂᆞᆫ지라. 春郎이 밧비 들어와 夫人다려 曰,
"즉금 도賊드리 잠을 깁피 드러스니, 밧비 西門을 열고 도망ᄒᆞᄉᆞ이다."

5) 주(主)부인: 주인의 부인. 회동서관본에는 '주인 부인'으로 표기되어 있다.
6) 前後數말: '前後首末(전후수말)'의 오기.
7) 梁江道: 회동서관본에는 '양각로'로 표기되어 있다.
8) 뫼칙: 모책(謀策) 혹은 묘책(妙策). 회동서관본에는 '묘칙'으로 표기되어 있다.
9) 計教: '計巧(계교)'의 오기.
10) 뫼ᄒᆞ면: 도모(圖謀)하면.
11) 당유: 당류(黨類).

ᄒᆞ고, 즉시 수건의 밥을 ᄊᆞ셔 가지고 부인과 梁允을 다리고, 이날 밤의 도망ᄒᆞ어 셔으로 向ᄒᆞ여 갈ᄉᆡ, 졍신이 아득ᄒᆞ여 寸보 가기 어려온지라. 東方이 발가ᄂᆞᆫᄃᆡ 강天[12]의 외기려기 우ᄂᆞᆫ 쇼ᄅᆡ는 슬푼 마음을 돕ᄂᆞᆫ지라. 문득 바라보니, ᄒᆞ펀은 泰山이요, 또 ᄒᆞᆫ편는 大江이라. 바다가의 갈밧 속으로 도망ᄒᆞ여 가며 부인은 기운이 쇠진ᄒᆞ여 春郎을 도라보와 曰,

"날은 임의 발고, ᄀᆡ운이 쇠ᄒᆞ여 갈 기리 읍스니, 읏지ᄒᆞ잔 말고?"

ᄒᆞ며, 仰天痛哭ᄒᆞ더니, 문득 갈밧 속의셔 ᄒᆞᆫ 女僧이 나와, 夫人게 再拜曰,

"어ᄃᆡ 게신 夫人이완ᄃᆡ 이련 험지의 왓나잇가?"

부인 曰,

"尊寺[13]는 어ᄃᆡ 게신지 잔명을 구ᄒᆞ쇼셔."

ᄒᆞ며, 前後수말을 일으고 간쳥ᄒᆞ니, 그 女僧이 나와 왈,

"夫人의 경상을 보니 가긍ᄒᆞ여이다. 小僧은 高蘇臺[14] 一峯菴의 잇셔더니, 寒山寺의 가 곡食을 실이고 오난 길의 쳐양ᄒᆞᆫ 哭聲이 들이기로 뭇잡고자 (ᄒᆞ)와, ᄇᆡ을 江辺의 ᄆᆡ고 ᄎᆞ져왓ᄉᆞ오니, 小僧을 ᄯᅡ라가 급ᄒᆞᆫ 환을 면ᄒᆞ쇼셔."

ᄒᆞ고, ᄇᆡ의 오르기을 ᄌᆡ촉ᄒᆞ니, 부인이 감ᄉᆞᄒᆞ여 춘낭과 梁允을 다리고 그 ᄇᆡ의 오르니라.

이ᄯᆡ ᄆᆡᆼ길이 잠을 ᄭᆡ야 침방의 들어가니, 부인과 춘낭 梁允이 간 곳지 읍거날, 분을 이기지 못ᄒᆞ여 諸卒을 거나리고 두로 찻다가 江上을 바라보니, 女僧과 女人 三人이 ᄇᆡ의 안져거ᄂᆞᆯ, ᄆᆡᆼ길이 쇼ᄅᆡ을 크게 질으며 將卒을 ᄌᆡ촉ᄒᆞ여 달여오거날, 女僧이 ᄇᆡ을 밧비 져어가니 (ᄲᅡ르

12) 강천(天): 멀리 보이는, 강 위의 하늘. 회동서관본에는 '강상(江上)'으로 표기되어 있다.
13) 尊寺: '尊師(존사)'의 오기. 스님을 높여 부르는 말.
14) 高蘇臺: '姑蘇臺(고소대)'의 오기.

기 살갓흔지라.) 孟吉이 바라보다가 헐 길 읍셔 탄식만 ᄒᆞ고 도라가더라.

이ᄯᅴ 女僧이 ᄇᆡ을 聖敬門 박게 ᄃᆡ이고

"ᄂᆡ리라."

ᄒᆞ니, 부인이 ᄇᆡ의 ᄂᆡ려 女僧을 좃ᄎᆞ 고소ᄃᆡ로 올나가니, 山明水麗ᄒᆞ고 花草는 万發ᄒᆞᆫᄃᆡ 各色 금슈 슬피 우난 쇼ᄅᆡ ᄉᆞ람의 心懷을 돕난지라. 근근이 行ᄒᆞ여 僧堂의 올나가 諸僧게 再拜ᄒᆞ고 안지니, 그즁의 ᄒᆞᆫ 老僧이 문曰,

"夫人은 어ᄃᆡ 게시며 무삼 일로 이 산즁의 드어오시나잇가?"

夫人이 對曰,

"荊州 ᄯᅡ[15]의 사옵더니 兵난의 페乱爲臥[16] 지힝[17] 읍(시 가읍다가 千幸[18]으로 존ᄉᆞ을 만ᄂᆞ 이곳의 왓ᄉᆞ오니, 존ᄉᆞ의게 의탁ᄒᆞ와 삭발爲僧ᄒᆞ옵)[19]고, 後生 길이나 닥고ᄌᆞ ᄒᆞ나이다."

노승이 그 말을 듯고 曰,

"소승의게 상ᄌᆞ[20] 읍셔온니 夫人의 所願이 글어ᄒᆞ시면 원ᄃᆡ로 ᄒᆞᄉᆞ이다."

ᄒᆞ고, 즉시 沐浴지게ᄒᆞ고 삭발ᄒᆞ여, 夫人은 老僧의 상ᄌᆞ 되고, 春郎과 梁允은 夫人의 상ᄌᆞ 되야, 이날부틈 佛前의 祝願ᄒᆞ되,

'侍郎과 桂月을 보게 ᄒᆞ옵쇼셔.'

ᄒᆞ며, 셰월을 보ᄂᆡ더니라.

---

15) ᄯᅡ: 땅.
16) 페乱爲臥: 피란(避亂)하와. '爲臥(위와)'는 'ᄒᆞ와'의 이두식 표기. 난을 피하여.
17) 지힝: 지향(指向).
18) 千幸: '天幸(천행)'의 오기. 이하 동일.
19) 회동서관본에는 '(시 가읍다가~ᄒᆞ옵)'의 내용이 빠졌다.
20) 상자: 상좌. 불도를 닦는 사람. 승려가 되기 위해 출가한 사람으로서 아직 계를 받지 못한 사람.

여공의 구원으로 살아나고, 보국과 함께 교육을 받다

各說[1] 이쬐 桂月은 물의 떠가며 우난 말이,

"나는 님의 죽거니와 어만임은 아모쪼록 목숨을 보존ᄒᆞ와 아바임을 만나옵거든 桂月이 죽은 쥴이나 알게 ᄒᆞ옵쇼셔."

ᄒᆞ며, 슬피 울고 떠나더니, 이젹의 武陵村의 ᄉᆞ는 呂公이라 ᄒᆞᄂᆞᆫ ᄉᆞ람이 ᄇᆡ을 타고 西蜀으로 가다가 江上을 바라보니, 웃던 ᄉᆞ람이 자리의 ᄊᆞ이여 떠가며 우ᄂᆞᆫ 쇼ᄅᆡ 들이거날, 그곳의 일으러 ᄇᆡ을 ᄃᆡ고 ᄌᆞ리을 건져보ᄆᆡ, 어린 아희라. 그 아희 모양을 보니, 인물이 쥰슈ᄒᆞ고 아음다오나 人事을 차리지 못ᄒᆞ거날, 呂公이 약으로 구ᄒᆞ니 이윽ᄒᆞ여 ᄭᆡ야나며 어미을 부르ᄂᆞᆫ 쇼ᄅᆡ 촘아 듯지 못헐너라.

여공이 그 아희을 싯고 집으로 도라와 물어 曰,

"네 웃던 아희관ᄃᆡ 萬頃蒼波 中의 일언 익을 당ᄒᆞ여ᄂᆞᆫ야?"

게월이 울며 曰,

1) 各說: '却說(각설)'의 오기.

"난는 어만임과 흔가지(로) 가읍다가 읏던 ᄉᆞ람이 어만임을 동여믹고, 나는 ᄌᆞ리의 ᄊᆞ셔 물의 던지기로 여기 왓나이다."

呂公이 그 말을 듯고 닉심의 (혜오ᄃᆡ), '필연 水賊을 만나ᄯᅩ다.' ᄒᆞ고, 다시 문曰,

"너 나희 몃치며, 일홈이 무어시야?"

對曰,

"나희 五歲ᄋᆞᆸ고 일홈은 桂月이노쇼이다."

ᄯᅩ 問曰,

"너 父親 일홈은 무엇시며 ᄉᆞ던 地名은 무엇시야?"

桂月이 對曰,

"아바임 일홈은 모로ᄋᆞᆸ건와 남이 부리기을 홍侍郎이라 ᄒᆞᄋᆞᆸ고, ᄉᆞ던 지명은 모로나이다."

呂公이 혜오ᄃᆡ, '洪侍郎이라 ᄒᆞ니, 分明 냥반의 子息이노다.' ᄒᆞ고, '이 아희 나히 닉 아들과 동갑이요, ᄯᅩᄒᆞᆫ 열골이 비범ᄒᆞ니, 잘 길너 末來의[2] 영화을 보리라.' ᄒᆞ고, 親子息갓치 예기더라. 그 아들 일홈은 輔國이라, 상모 ᄯᅩᄒᆞᆫ 비범ᄒᆞ고 기男子더라. 맛츰 桂月을 보고 반가ᄒᆞ기를 친동싱갓치 ᄒᆞ더라.

歲月이 如流ᄒᆞ여 두 아희 나이 七셰의 일으믹, ᄒᆞᆫ는 일이 비범ᄒᆞ니, 뉘 안이 층찬ᄒᆞ리? 呂公이 두 아희 글을 가으치고ᄌᆞ ᄒᆞ여, 江湖 ᄶᅡᆼ의 郭道士 잇단 말을 듯고, 두 아희을 다리고 강호 ᄶᅡ의 가니, 道士 草堂의 안져거날 들어가 禮畢 後의 엿ᄌᆞ 왈,

"生은 武陵浦의 ᄉᆞ는 呂公이ᄋᆞᆸ던니, 늘게야 子息을 두어ᄉᆞ온바 영민ᄒᆞ기로 도ᄉᆞ의 덕틱으로 ᄉᆞ람이 될가 ᄒᆞ와 왓나이다."

도ᄉᆞ 曰,

2) 말래(末來)에: 늘그막에. 회동서관본에는 '장닉에'로 표기되어 있다.

"아희을 부르라."

ᄒᆞ니 呂公이 두 아희을 불녀 뵈인ᄃᆡ, 도ᄉᆞ 이윽키 보다가 曰,

"이 아희 상을 보니, ᄒᆞ 동싱[3]은 아니니, 글어할시[4] 分明ᄒᆞᆫ지 기이지[5] 말나."

여공이 그 말 듯고,

"先生의 知人지감은 鬼神갓도소이다."

道士 曰,

"이 아희 잘 가르쳐 일홈을 쥭白[6]의 빗니게 ᄒᆞ리라."

ᄒᆞ거날, 여공이 하직ᄒᆞ고 도라오니라.

---

3) ᄒᆞ 동싱: 'ᄒᆞᆫ 동싱'의 오기. 회동서관본에는 '친동긔'로 표기되어 있다.

4) 글어할시: 그러한지.

5) 기이지: 속이지. 숨기지.

6) 쥭白: '竹帛(죽백)'의 오기. 서적(書籍), 특히 역사를 기록한 책을 이르는 말.

벽파도로 귀양 간 아버지

各說 이ᄯᅵ 洪侍郎은 山中의 몸을 감츄고 잇더니, 盜賊이 그 山中의 들어와 百姓의 財物을 노략ᄒᆞ고 ᄉᆞ람을 붓더려 軍士을 ᄉᆞᆷ더니, 맛춤 洪侍郎을 으든지라. 위인이 비범ᄒᆞ녀 참아 쥭이지 못ᄒᆞ고, 諸賊果[1] 의논ᄒᆞ되,

"이 ᄉᆞ람을 軍中의 두미 읏더ᄒᆞᆫ요?"

諸賊이 樂對ᄒᆞ니, 張仕郎이 즉시 洪侍郎을 불너 曰,

"우리와 ᄒᆞᆫ가지(로) 同心謀議ᄒᆞ여 皇城을 치자."

ᄒᆞ니, 홍시량 ᄉᆡᆼ각ᄒᆞ되,

'만일 듯지 안이ᄒᆞ면 죽이을[2] 먼치 못ᄒᆞ리라.'

ᄒᆞ고, 마지 못ᄒᆞ여 거짓 항伏ᄒᆞ고 皇城으로 向ᄒᆞᆫ니라.

이ᄯᅵ 天子 劉丞相으로 大元帥을 삼고 軍士을 거나여 임치 ᄯᅵ의셔 盜

1) 諸賊果: 제적(諸賊)과. '果'는 '과'의 이두식 표기다.
2) 죽이을: 죽임을. 회동서관본에는 '쥭기를'로 표기되어 있다.

賊을 破ᄒᆞ고 張仕郎을 잡어 압셔우고 皇城으로 갈ᄉᆡ, 洪侍郎도 陣中의 잇다가 잡펴여ᄂᆞᆫ지라. 天子 帳原각의 젼좌[3]ᄒᆞ시고, 반젹을 다 數罪ᄒᆞ시고 베흘ᄉᆡ, 洪侍郎도 쏘ᄒᆞᆫ 죽게 되야ᄂᆞᆫ지라. 洪侍郎이 크게 쇼라ᄒᆞ여 曰,

"小人은 페난ᄒᆞ여 山中의 잇삽다가 도젹의 잡펴노라."

ᄒᆞ며, 前後數말을 다 알뢴ᄃᆡ, 이ᄯᅴ 楊州ᄌᆞᄉᆞᄒᆞ야던 뎍덕희[4] 이 말을 듯고, 伏地 奏曰,

"져 罪人은 시량 베술ᄒᆞ여던 洪武로소이다."

上이 그 말을 듯고, ᄌᆞ셔이 보시다가 曰,

"너는 일즉 베슬ᄒᆞ어스니 ᄎᆞ라리 죽을지언졍 도젹의 물이의예 들어난요? 罪을 議論ᄒᆞ면 죽일 거시로되, 옛 일을 ᄉᆡᆼ각ᄒᆞ여 원찬ᄒᆞ노라."

ᄒᆞ시고, 律官을 命ᄒᆞ여 즉시 홍시랑을 碧波도로 졍비ᄒᆞ시니, 벽파도로 向헐ᄉᆡ, 一萬八千里라. 시랑이 故鄕의 도라가 夫人과 桂月을 보지 못ᄒᆞ고, 萬里他國으로 졍빈 가니, 일언 팔ᄌᆞ 어ᄃᆡ 잇시리요? 슬피 痛哭ᄒᆞ니, 보ᄂᆞᆫ ᄉᆞ람이 안이 슬려ᄒᆞ리 읍더라.

길을 ᄯᅥᄂᆞᆫ 지 八朔만의 벽파도의 다다르니, 그 ᄯᅡᆼ은 吳楚지간이라. 元來 벽파도은 人跡이 不到處라. 이곳의 (보)ᄂᆡ기ᄂᆞᆫ 洪무을 쥬려 쥭게 ᄒᆞ밀너라. 律官이 시랑을 그곳의 두고 도라가니, 시랑이 쳔지 아득ᄒᆞ여 晝夜로 운일며,[5] 飢갈을 견ᄃᆡ지 못허여 물ᄀᆞ의 단이며 죽은 고기와 바회 위의 부튼 굴만이을[6] 쥬여 먹고 셰월을 보ᄂᆡ니, 衣服은 남누ᄒᆞ여 형용이 괴이ᄒᆞ고 一身의 털이 나스니, 김ᄉᆡᆼ의 모양일너라.

3) 전좌(殿座): 임금 등이 정사를 보거나 조하를 받으려고 정전(正殿)이나 편전(便殿)에 나와 앉던 일.
4) 뎍덕희: 작중인물 이름. 회동서관본에는 '정덕기'로 나온다.
5) 운일며: 울고 다니며. 회동서관본에는 '울며'로 표기되어 있다.
6) 굴만이을: 굴만을. 회동서관본에는 '굴만'으로 표기되어 있다.

어머니, 아버지를 다시 만나다

각셜 이젹의 양부인은 춘량과 양윤(을) 다라고 山中의 잇셔 눈물노 歲月을 보니더니, 일일은 夫人이 훈 쑴을 으드니 훈 즁이 눅훈杖을 짐고 압피 와 졀ᄒᆞ고 曰,

"부인은 無情훈 山中의 風景만 (디)ᄒᆞ여 시랑과 (게월을 찻지 아니ᄒᆞ시나잇가? 지금 시랑이 히도 즁에 잇셔 부인과) 桂月만 싱각ᄒᆞ고 病入骨슈ᄒᆞ여ᄉᆞ오니, 밧비 가옵쇼셔. 가시다가 벽파도을 물어 그곳의 잇난 ᄉᆞ람을 차ᄌᆞ 故향 消息을 물으면, 시랑은 그곳의셔 만나이다."

ᄒᆞ고, 간 디 읍거날, 부인이 이 쑴을 ᄭᆡ고 디경ᄒᆞ여, 양눈과 춘낭을 불너 夢事을 일으고 왈,

"가다가 路中 孤魂이 될지라도 가리라."

ᄒᆞ고, 곳 힝장을 ᄎᆞ여 노승게 하직ᄒᆞ여 왈,

"妾이 萬里他國의 와 尊師의 은혜을 입어 三年을 지니오니, 은혜는 빅골난망이오나 간밤의 夢事 如此如此ᄒᆞ오니, 부쳐임이 인도ᄒᆞ시미라. 하직을 고ᄒᆞ나이다."

ᄒᆞ며, 落淚ᄒᆞ니, 老僧이 또 滯浥 曰,

"나도 부인 만난 후로 百事을 夫人의게 부탁ᄒᆞ여더니, 至今 離別ᄒᆞ니 슬푼 深事[1]을 장ᄎᆞ 웃지ᄒᆞ리요?"

ᄒᆞ고, 銀봉지 ᄒᆞ나을 쥬며 왈,

"일로 情을 푀ᄒᆞ으니 구ᄎᆞᄒᆞᆫ ᄯᅵ 쓰옵쇼셔."

부인 감ᄉᆞᄒᆞ여 바다 梁允을 쥬고 下직ᄒᆞ고 ᄉᆞ문[2]의 ᄯᅥ날ᄉᆡ, 노僧과 諸僧이 나와 셔로 落淚ᄒᆞ며 ᄯᅥ나ᄂᆞᆫ 경을 못ᄂᆡ 아언ᄒᆞ더라.[3] 부인이 츈량과 양윤을 다리고 동녁을 향ᄒᆞ여 ᄂᆡ여올ᄉᆡ, 쳔봉은 압피 버려 잇고 草木은 울울ᄒᆞᆫᄃᆡ, 無心ᄒᆞᆫ 樓中聲[4]은 ᄉᆞ람의 슈회 돕ᄂᆞᆫ지라. 눈물을 금지치 못ᄒᆞ고 어ᄃᆡ로 갈 쥴 몰나 村村견至[5]ᄒᆞ여 나가더니, ᄒᆞᆫ 곳슬 바라보니, 北편의 쇼로 길이 잇거날, 그 길로 가며 보니 압피 大江이요, 그 우의 樓閣이 잇거날, 나가 보니 션판의 쎠시되 樂陽樓[6]라 ᄒᆞ여더라.

四面을 살펴보니 洞庭湖 七百里는 눈압피 둘너 잇고, 巫山 十二峯은 구름 속의 소ᄉᆞ 잇다. 各色 風景을 이로 측양치 못할너라. 夫人이 愁懷을 익이지 못ᄒᆞ여 한심짓고, 또 ᄒᆞᆫ 곳의 다다르니, ᄃᆡ橋가 잇ᄂᆞᆫ지라, 그곳의 ᄉᆞ람더려 무르니, 장판교라 ᄒᆞ니, 또 문왈,

"이곳의 皇城이 얼마나 ᄒᆞᆫ요?"

ᄃᆡ曰,

---

1) 深事: '心事(심사)'의 오기. 마음속으로 생각하는 일. 또는 그 생각.
2) ᄉᆞ문: 사문(寺門). 회동서관본에는 '산문(山門)'으로 표기되어 있다.
3) 아언ᄒᆞ더라: 애연(哀然)ᄒᆞ더라. 회동서관본에는 'ᄋᆡ연ᄒᆞ더라'로 표기되어 있다.
4) 누중성(樓中聲): 누각 안에서 나는 소리. 회동서관본에는 '두견셩'으로 표기되어 있다. 문맥으로 보아 '두견성'이다.
5) 村村견至: '寸寸前進(촌촌전진)'의 오기. 한 치 한 치 더듬어 나아간다는 뜻으로, 매우 더딘 속도로 전진함을 이르는 말. 회동서관본에는 '촌촌진진(寸寸進進)'으로 표기되어 있다.
6) 樂陽樓: '岳陽樓(악양루)'의 오기.

"一萬八千里오니, 져 다리을 그녀 百里만 가면 玉門官[7]이 잇스니, 그 곳의 가 무르면 ᄌᆞ셰이 알이라."

ᄒᆞ니, 또 問曰

"벅파도라 ᄒᆞᄂᆞᆫ 섬이 이 근쳐의 잇나잇가?

(기인이 답왈)

"그난 ᄌᆞ셔이 모로나이다."

ᄒᆞ거날, 할 일 읍셔 옥문관을 ᄎᆞ져가 ᄒᆞᆫ ᄉᆞ람을 만나 무르니, 그 ᄉᆞ람이 벅파도을 갈르치거ᄂᆞᆯ, 그 섬을 ᄎᆞ져가며 살펴보니, 슈로는 머지 안이ᄒᆞ나 근너갈 길 읍셔 망언ᄒᆞᆫ지라. 물가의 안져 바라보니, 바회 우의 ᄒᆞᆫ ᄉᆞ람이 안져 고기을 낙구거날, 梁允이 나가 결ᄒᆞ고 문왈,

"져 섬은 무슨 섬이라 ᄒᆞᄂᆞᆫ잇가?"

魚翁[8] 曰,

"그 섬이 벅파도라."

ᄒᆞ거날, 또 문曰,

"그곳의 인가 잇나잇가?"

어옹 왈,

"自古로 人跡이 읍더니, 數三年 前의 荊州 ᄯᅡᆼ의셔 정ᄇᆡ 온 ᄉᆞ람 잇셔, 草木으로 울을 짓고 금슈로 벗슬 삼아 잇셔 그 形容이 참혹ᄒᆞ더니이다."

ᄒᆞ거날, 양윤이 도라와 부인게 고ᄒᆞ니, 夫人 曰,

"정ᄇᆡ 왓단 ᄉᆞ람이 荊州 ᄉᆞ람이라 ᄒᆞ니, 侍郎의 존망 알리로다."

ᄒᆞ며, 그 섬을 바라보니, 忽然 江上의 一葉 小船이 오거날, 梁允이 ᄇᆡ을 향ᄒᆞ여 왈,

---

7) 玉門官: '玉門關(옥문관)'의 오기.

8) 魚翁: '漁翁(어옹)'의 오기. 늙은 어부.

"우리ᄂᆞᆫ 고소ᄃᆡ 일봉암의 ᄉᆞ난 즁이압더니, 벽파도을 근너고ᄌᆞ ᄒᆞ되 (ᄇᆡ가 업서) 근(너)지 못ᄒᆞ고 이곳의 안져삽더니, 千幸으로 션인을 만나ᄉᆞ오니, 바(라)옵건ᄃᆡ 一時 슈고을 ᄉᆡᆼ각지 말으옵쇼셔."

ᄒᆞ며, ᄋᆡ걸ᄒᆞ니, 船人이 ᄇᆡ을 ᄃᆡ고 오르라 ᄒᆞ니, 양윤과 츈량이 부인을 모시고 ᄇᆡ의 오르니, 슌식간의 ᄃᆡ이고 ᄂᆡ리라 ᄒᆞ니, 百拜致謝ᄒᆞ고 ᄇᆡ예 ᄂᆡ려 벽파도로 가며 살펴보니, 슈목이 창쳔ᄒᆞ고 인젹이 부도쳐[9]라.

강ᄀᆡ로 단이며 두로 살피더니, 문득 ᄒᆞᆫ 谷의[10] 衣服이 남누ᄒᆞ고 一身의 털이 도다 보기 참혹ᄒᆞᆫ ᄉᆞ람이 江邊의 단이며, 고기을 쥬어먹다가 ᄒᆞᆫ 골로 들러가거날, 梁允이 그 ᄉᆞ람을 ᄯᅡ라가보니, ᄒᆞᆫ 초막으로 들어가거날, 양윤이 쇼ᄅᆡ을 크게 ᄒᆞ여 曰,

"相公은 조곰도 놀ᄂᆡ지 마르쇼셔."

시랑이 그 말을 듯고 초막 박긔 나셔며 曰,

"이 흠즁의[11] 날 ᄎᆞᄌᆞ오리 읍거날 존ᄉᆞ는 무슴 말을 뭇고ᄌᆞ ᄒᆞ여 찻나이가?"

양윤이 曰,

"小僧은 姑蘇臺 일봉암의 잇숩더니, 이곳의 오옵기ᄂᆞᆫ 간졀이 뭇ᄌᆞ올 일이 잇숩기로 相公을 ᄎᆞᄌᆞ왓나이다."

ᄒᆞ니, 侍郎 曰,

"무슴 말숨을 뭇고ᄌᆞ ᄒᆞ난요?"

梁允이 伏地 對曰,

"小僧의 고향은 荊州 九溪村이온바 장ᄉᆞ량의 난을 만나 폐난ᄒᆞ여숩

9) 부도처(不到處): 없음.
10) 谷의: 谷(곡)에. 계곡에. 회동서관본에는 '곳'으로 표기되어 있다.
11) 흠즁의: 험중(險中)에. 험한 곳에. 회동서관본에는 '섬중'으로 표기되어 있다.

더니, 前日의[12] 듯ᄉᆞ온즉, 샹공이 荊州셔 이 셤으로 정빈 왓다 ᄒᆞ기로 故鄕 消息을 뭇고ᄌᆞ 왓나이다."

시량이 이 말을 듯고 눈물을 흘여 曰,

"荊州 九溪村의 산다 ᄒᆞ니, 뉘 집의 잇더요?"

양윤이 ᄃᆡ왈,

"小僧은 洪侍郞宅 시비 양윤이온바 부인을 모시고 왓나이다."

ᄒᆞᆫ니, 시량이 이 말을 듯고 如狂如醉ᄒᆞ여 밧비 달여들려 양윤의 손을 잡고 ᄃᆡ셩 통곡 曰,

"양윤아, 너는 나을 모르난야? ᄂᆡ가 洪侍郞이로다."

ᄒᆞ니, 양뉸이 洪시량이란 말을 듯고, 이윽키 기졀ᄒᆞ다가 게오 인ᄉᆞ을 ᄎᆞ여, 울며 왈,

"至今 江过의 夫人이 안져나이다."

시량이 그 말을 듯고 一喜一悲ᄒᆞ여 앙쳔통곡ᄒᆞ며 강변의 밧비 나가니, 이젹의 부인이 우음쇼릐을 듯고 눈을 들어 보니, 털이 무셩ᄒᆞ여 곰 갓튼 ᄉᆞ람이 가숨을 두다리며 夫人을 向ᄒᆞ여 오거날, 夫人이 보고 밋친 ᄉᆞ람인가 ᄒᆞ여 도망ᄒᆞ니, 시랑이 曰,

"부인은 놀ᄂᆡ지 말쇼셔. 나는 홍시郞이로쇼이다."

부인은 모르고 항겁ᄒᆞ여 고쌀을 버셔 들고 닷더니, 梁允이 워여 왈,

"부인은 닷지 마으쇼셔. 홍시량이로쇼이다."

부인이 양뉸의 쇼릐을 듯고 항망[13]이 안지니, 洪侍郞이 울며 달여와 가로ᄃᆡ,

"부인은 그다지 의심ᄒᆞ나잇가? 나는 桂月의 아비 洪시량이로쇼이다."

12) 前日의: 전날에. 회동서관본에는 '전어(傳語)를'로 표기되어 있다.
13) 황망(慌忙): 마음이 몹시 급하여 당황하고 허둥지둥하는 면이 있음.

부인이 듯고 인ᄉᆞ을 ᄎᆞ리지 못ᄒᆞ여, 셔로 붓들고 통곡ᄒᆞ다가 기졀ᄒᆞ거날, 양뉸이 ᄯᅩᄒᆞᆫ 통곡ᄒᆞ며 위로ᄒᆞ니, 그 정상은 참아 보지 못할너라.

춘량은 외로운 ᄉᆞ람이라, 혼ᄌᆞ 안져 슬피 우니, 그 경상이 ᄯᅩᄒᆞᆫ 참혹ᄒᆞ더라. 시랑이 부인을 붓털고 초막으로 도라와 졍신을 진정ᄒᆞ여 무어 왈,

"져 부인은 웃더ᄒᆞᆫ 부인이잇가?"

부인이 嘆曰,

"避亂ᄒᆞ여 가읍다가 水賊 孟吉을 만나 게월은 물의 죽고 盜賊의게 잡펴 갓더니, 져 춘량의 구함을 입여 그날 밤의 도망ᄒᆞ여……"

고쇼ᄃᆡ의 가 즁 된 말이며, 부쳐님이 현몽ᄒᆞ여 벅파도로 가라 ᄒᆞ던 말이며, 前後數말을 다 고ᄒᆞ니, 시량이 게월이 죽어단 말을 듯고 긔졀ᄒᆞ여다가 게오 人事을 ᄎᆞ여 曰,

"나도 긋ᄶᅴ 뎡ᄉᆞ도 집의 ᄯᅥ나오다가 도젹 장ᄉᆞ량의게 잡펴 진즁의 잇다가 天子 도젹을 잡을ᄉᆡ, 나도 도젹과 갓치 잡펴더니, 동심謀議ᄒᆞᆫ다 ᄒᆞ시고……"

이곳스로 정ᄇᆡ 온 말을 다 일으고, 인ᄒᆞ여 춘량 압펴 나가 졀ᄒᆞ고 치事[14] 曰,

"부인의 구ᄒᆞ신 은헤는 죽어도 갑풀 기리 읍나이다."

ᄒᆞ여, 치하을 무슈이 ᄒᆞ더라. 이져[15]의 부인이 노승이 쥬던 銀子을 션인의 파라 양식을 이으며, 桂月을 ᄉᆡᆼ각ᄒᆞ고 안이 우는 날이 읍더라.

---

14) 치事: '致謝(치사)'의 오기.
15) 이져: '이젹'의 오기.

평국은 장원급제 보국은 부장원

각셜 이젹의 桂月은 輔國과 훈가지로 글을 비올시, 훈 주을 가르치면 열 주을 알고 ᄒᆞ난 거동이 비상ᄒᆞ니, 도ᄉᆞ 층춘 曰,

"하날이 너을 닉신 바는 명졔을 위함이라. 읏지 天下을 근심ᄒᆞ리요?"

用兵之才와 각식 술볍을 가르치니, 금술과 지략이 당셰의 익이리 읍실지라. 桂月이 일홈을 곤쳐 平國이라 ᄒᆞ다.[1] 셰월이 여유[2]ᄒᆞ여 두 아희 나희 十三歲 되야는지라. 도ᄉᆞ 두 아희을 불너 曰,

"用兵之才는 다 비와스나 風雲變化之術을 비우라."

ᄒᆞ고, 칙을 훈 권식 쥬거날, 보니 이는 젼후의 읍던 술법이라. 平國과 輔國이 쥬야不쳘ᄒᆞ고 비은딕, 평국은 三朔만의 비와닉고, 보국은 一年을 비와도 通치 못ᄒᆞ니, 도ᄉᆞ 왈,

1) 桂月이 일홈을 곤쳐 平國이라 하다: 회동서관본에는 이 문장이 없다. 이 내용이 있어야 문맥에 맞다.
2) 여류(如流): 흐르는 물과 같음.

"平國의 ᄌᆡ조는 今世의 第一이라."
ᄒᆞ더라.

이젹의 두 아희 나희 十五歲 되야ᄂᆞᆫ지라. 이ᄯᆡ 國家 泰平ᄒᆞ여 百姓이 擊壤歌을 일삼더라. 天子 어진 신하을 읏고ᄌᆞ ᄒᆞ여 天下의 行官[3]ᄒᆞ여 萬科[4]을 뵈일ᄉᆡ, 이져의 도ᄉᆞ 이 쇼문을 듯고 즉시 平國 輔國을 불너 왈,

"至今 皇城의셔 과거을 뵈인다 ᄒᆞ니, 부ᄃᆡ 일홈을 쥭빅의 빗ᄂᆡ라."
ᄒᆞ고, 呂公을 請ᄒᆞ여 왈,

"이 두 아희 과힉[5]을 ᄎᆞ여쥬라."
ᄒᆞ니, 여공이 즉시 行杖을 ᄎᆞ려쥬되, 千里俊馬[6] 두 匹과 下人 졍ᄒᆞ여쥬거날, 두 아희 하직ᄒᆞ고 길을 ᄯᅥ나 皇城의 다다르니, 天下 先ᄇᆡ 구름 뫼이듯 ᄒᆞ여더라.

과거 날이 당ᄒᆞᄆᆡ, 平國과 輔國이 大明젼의 들어가니, 天子 典座[7]ᄒᆞ시고 글제을 넙피 거러거날, 경각의 글 지여 일필휘지ᄒᆞ니 龍巳飛騰[8]ᄒᆞᆫ지라, 션장[9]의 밧치고, ᄯᅩᄒᆞᆫ 보국은 이쳔[10]의 밧치고, 쥬인집의 도라와 쉬던니, 이ᄯᆡ 天子 이 글 보시고, 좌우을 도라보와 曰,

"이 글을 보니, 그 ᄌᆡ조을 가히 알지로다."
ᄒᆞ시고, 비봉[11]을 ᄀᆡ탁ᄒᆞ시니, 平國과 輔國이라 (평국은) 장원을 ᄒᆞ이

---

3) 行官: '行關(행관)'의 오기. 관아 사이에 공문을 보내던 일.
4) 만과(萬科): 많은 사람을 뽑던 과거. 대개 무과(武科)를 이른다.
5) 과힉: '과힝(科行)'의 오기. 과거를 보러 감. 또는 그런 길이나 과정.
6) 千里俊馬: '千里駿馬(천리준마)'의 오기.
7) 典座: '殿座(전좌)'의 오기.
8) 龍巳飛騰: '龍蛇飛騰(용사비등)'의 오기. 용이 살아 움직이는 것같이 아주 활기 있는 필력을 비유한다.
9) 선장(先場): 과거를 볼 때, 문과 과거장에서 가장 먼저 글장을 바치던 일.
10) 이천(二天): 두번째로 글을 지어서 바치던 일.
11) 비봉(祕封): 남이 보지 못하게 단단히 봉함. 또는 그렇게 한 것.

실시, 보국은 부장원을 ᄒᆞ시고, 황경문의 방을 붓쳐 호名ᄒᆞ거날, 노복이 문 박게 ᄃᆡ방ᄒᆞ다가 급피 도라와 엿ᄌᆞ온ᄃᆡ,

"도련임 두 분이 至今 참방ᄒᆞ여 밧비 부르시니 급피 들려가ᄉᆞ이다."

平國과 輔國이 ᄃᆡ희ᄒᆞ여, 급피 황경문의 들어가 玉階 下의 伏地ᄒᆞᆫᄃᆡ, 天子 두 신원을 인見ᄒᆞ시고, 두 ᄉᆞ람의 손을 잡으시고, 층찬 曰,

"너희을 보니, 忠心이 잇고 眉間의 쳔지조화을 가져스며 말쇼릐 玉을 ᄊᆡ치ᄂᆞᆫ 듯ᄒᆞ니, 天下 英俊이라. 朕이 이졔는 쳔하을 근신[12] 아이ᄒᆞ리로다. 盡心竭力[13]ᄒᆞ야 朕을 도으라."

ᄒᆞ시고, 평국으로 한임學士을 ᄒᆞ이시고, 보국으로 부졔후을 ᄒᆞ이시고, 유지[14] 御賜花을 쥬시며, 千里俊총馬[15] ᄒᆞᆫ 필식 ᄉᆞ급ᄒᆞ시니, 한임과 부졔후 ᄉᆞ은슉ᄇᆡᄒᆞ고 나오니, 下人 等이 문 박긔 ᄃᆡ위[16]ᄒᆞ엿다가 시위ᄒᆞ여 나올시, 紅袍 玉帶의 쳥홍긔[17]을 밧쳐 일광을 가리고, 압피ᄂᆞᆫ 어젼풍유[18]의 쌍옥져을 부르며, 뒤예은 ᄐᆡ학관 풍유의 금衣花童이 쏫밧치 되야, 長安 大道 上으로 두렷시 나오니, 보ᄂᆞᆫ ᄉᆞ람이 층찬ᄒᆞ여 왈,

"天上 仚官이 ᄒᆞ강ᄒᆞ엿다."

ᄒᆞ더라.

三日유과[19]ᄒᆞᆫ 然後의 한임원의 들어가셔, 明賢洞의 와[20] 武陵浦 呂公宅의 긔별을 傳ᄒᆞ고, 한임이 눈물을 흘여 왈,

---

12) 근신: '근심'의 오기. 회동서관본에는 '근심'으로 표기되어 있다.
13) 盡心竭力: '盡心竭力(진심갈력)'의 오기. 마음과 힘을 있는 대로 다함.
14) 유지: 有旨. 승정원의 담당 승지를 통해 전달되는 왕의 명령서.
15) 千里俊총馬: '千里駿驄馬(천리준총마)'의 오기.
16) ᄃᆡ위: '대후(待候)'의 오기. 웃어른의 분부를 기다리는 일. 회동서관본에는 '대후'로 표기되어 있다.
17) 쳥홍긔: '청홍기(靑紅旗)'의 오기. 파란 기와 붉은 기.
18) 어젼풍유: 어전풍류(御前風流). 임금 앞에서 베푸는 풍류를 이르던 말.
19) 三日유과: '삼일유가(三日遊街)'의 오기.
20) 明賢洞의 와: '명현동 션싱ᄃᆡᆨ과'로 해야 맞음. 회동서관본에는 '명현동 션싱과'로 표기되어 있다.

"그듸는 父母兩親이 게시니 영화을 뵈련이와, 나는 父母 읍는 人生이라, 영화을 웃지 뵈리오?"

ᄒᆞ며, 슬피 쳬읍ᄒᆞ니, 보는 ᄉᆞ람이 뉘 안이 낙루ᄒᆞ리요?

이젹의 한임과 부져후 탑젼[21]의 들어가 父母 前의 영화 뵈올 말을 쥬달ᄒᆞ니, 天子 曰,

"卿等은 朕의 手足이라. 즉시 도라와 朕을 도으라."

ᄒᆞ신듸, 한임과 부졔후 하즉 슉ᄇᆡᄒᆞ고 집을 向ᄒᆞ여 도라올 ᄶᅴ, 각읍지경 나와 젼送ᄒᆞ더라.[22] 열어 날 만의 武陵浦의 득달ᄒᆞ여 呂公 兩위게 ᄇᆡ온듸, 그 질검을 층양치 못ᄒᆞ여 보는 ᄉᆞ람이 뉘 안이 층찬ᄒᆞ리오? 輔國은 喜色滿顔ᄒᆞ나, 平國은 喜色 읍셔 얼골의 눈물 흔젹이 마르지 아이ᄒᆞ거날, 여공이 위로 曰,

"莫非天壽라 前事을 너무 설어 말라. 하날이 도으ᄉᆞ 日後의 다시 父母 만나 영화을 뵈일 거시니, 웃지 설어ᄒᆞ리오?"

ᄒᆞᆫ듸, 平國이 부복 쳬읍 曰,

"海上 故魂[23]을 건지어 이쳐로 귀히 되오니, 냥뉵ᄒᆞ신 은혜 ᄇᆡᆨ골난망이라, 갑풀 바을 아지 못ᄒᆞ나이다."

呂公과 諸人이 층찬불이[24]ᄒᆞ더라.

잇튼날 명현동의 가 道士계 뵈인듸, 도ᄉᆞ 듸희ᄒᆞ여 평국 보국을 압피 안치고, 遠路의 영화로 도라옴을 층찬ᄒᆞ시고, 고금 歷代와 나라 셤길 (일의) 말을 경계ᄒᆞ더라.

---

21) 탑전(榻前): 왕의 자리 앞.

22) 각읍지경 나와 젼送ᄒᆞ더라: 회동서관본에는 '렬읍이 지영지손(祇迎祇送)ᄒᆞ더라'로 표기되어 있다. '열읍에서 공경하며 맞이하고 공경하며 전송하더라'라는 뜻이다.

23) 故魂: '孤魂(고혼)'의 오기. 외로운 넋.

24) 칭찬불이(稱讚不已): 칭찬해 마지않음.

서달의 난에 평국과 보국이 출전하다

일일은 도ᄉᆞ 쳔긔을 살피보니, 北方 盜賊이 강승ᄒᆞ여 쥬星[1]과 모든 익셩[2]이 ᄌᆞ미셩[3]을 둘어거날 놀나, 평국 보국을 불너 쳔문 말삼을 일으며

“급피 올나가 天子의 위틔함을 救ᄒᆞ라.”

ᄒᆞ고, 봉셔을 平國을 쥬며 왈,

“戰場의 나가 만일 죽을 곳의 당ᄒᆞ거든 이 봉셔을 떼어보라.”

ᄒᆞ며, 밧비 가기을 ᄌᆡ촉ᄒᆞ니, 平國이 쳬읍 왈,

“先生의 ᄋᆡ훈[4]ᄒᆞ신 은혜 ᄇᆡᆨ골난망이오나 일흔 부모을 어ᄂᆡ 곳의 가 ᄎᆞ지잇가? 伏願 先生은 명ᄇᆡᆨ키 가르치쇼셔.”

---

1) 주성(主星): 쌍성(雙星) 중에서 동반성(同伴星)보다 밝은 별.
2) 익성(翼星): 이십팔수의 스물일곱번째 별자리에 있는 별들.
3) 자미성(紫微星): 큰곰자리 부근에 있는 자미원의 별 이름. 북두칠성의 동북쪽에 있는 열다섯 개 별 가운데 하나. 중국에서는 황제에 비유된다.
4) 애훈(愛訓): 사랑으로 가르침.

도ᄉᆞ 曰,

"쳔긔을 누셜치 못ᄒᆞ니 다시는 뭇지 말나."

ᄒᆞ시니, 평국이 다시 뭇지 못ᄒᆞ고, 두 ᄉᆞ람이 하즉ᄒᆞ고 필馬로 晝夜 行ᄒᆞ여 皇城르로 오나가니라[5].

이ᄯᅴ 玉門關 직키ᄂᆞᆫ 金敬談이 장계을 올이거날, 天子 즉시 ᄀᆡ탁ᄒᆞ여 보시니 ᄒᆞ여스되,

'徐官과 徐達이 비ᄉᆞ將軍 惡大와 飛龍將軍 쳘통골 두 장슈로 先鋒을 삼고, 軍士 十萬과 將帥 千餘 원을 거나이고, 北州 七十餘 城을 항복 밧고 刺史 梁基德을 베희고, 皇城을 범코자 ᄒᆞ오니, 小將의 힘르로ᄂᆞᆫ 당치 못ᄒᆞ오니, 伏願 皇上은 어진 明將[6]을 보ᄂᆡᄉᆞ 盜賊을 막으쇼셔.'

ᄒᆞ여거날, 天子 보시고 ᄃᆡ경ᄒᆞᄉᆞ 졔신을 도라보와 曰,

"卿等은 밧비 大元帥 한임을 請ᄒᆞ와 防敵할 모칙을 의논ᄒᆞ라."

ᄒᆞ시며, 龍淚을 흘이시거날, 諸臣이 奏曰,

"平國이 비록 年少ᄒᆞ오나 天地造化을 胸中의 품은 듯ᄒᆞ오니, 이 ᄉᆞ람을 都元帥을 定ᄒᆞ와 도젹을 방비할가 ᄒᆞ나이다."

쳔ᄌᆞ ᄃᆡ희ᄒᆞᄉᆞ 즉시 ᄉᆞ관을 보ᄂᆡ라 할 지음의 황경문 슈문장이 급告 曰,

"한임과 부졔후 문 박긔 ᄃᆡ령ᄒᆞ여나이다."

ᄒᆞ거날, 天子 드르시고 하교ᄒᆞᄉᆞ,

"급피 입시ᄒᆞ라."

ᄒᆞ시니, 平國과 輔國이 ᄲᆞᆯ이 玉階 下의 복지ᄒᆞᆫᄃᆡ, 쳔ᄌᆞ 인견ᄒᆞ시고 曰,

"朕이 어지지 못ᄒᆞ여 도젹이 강셩ᄒᆞ여 北州 七十여 셩을 치고 皇城을 범코ᄌᆞ ᄒᆞ니 놀나온지라. 졔신과 의논ᄒᆞᆫ직 卿等을 쳔거ᄒᆞᄆᆡ ᄉᆞ관

---

5) 오나가니라: 올라가니라. 회동서관본에는 '올나가니라'로 표기되어 있다.
6) 明將: '名將(명장)'의 오기. 이름난 장수.

을 보ᄂᆡ여 부르ᄌᆞ ᄒᆞ여던이, 明天이 도오ᄉᆞ 경등이 의외예 臨ᄒᆞ여스니 社稷을 安保할지라. 忠誠을 극진이 ᄒᆞ여 朕의 근심을 덜고 도탄 즁의 인난 百姓을 건지라."

ᄒᆞ시니, 平國 輔國이 복지 쥬曰,

"쇼신 등이 ᄌᆡ조 천단[7]ᄒᆞ오나 ᄒᆞᆫ번 북 쳐 도젹을 破ᄒᆞ와 陛下 셩은을 萬分지일이나 갑고ᄌᆞ ᄒᆞ오니, 복원 폐하는 념너치 마옵쇼셔."

텬ᄌᆞ ᄃᆡ희ᄒᆞᄉᆞ, 平國으로 大元帥을 封ᄒᆞ시고, 輔國으로 大司馬 中軍ᄃᆡ장을 봉ᄒᆞ시고, 將師 千餘 원과 군ᄉᆞ 八十萬을 쥬시며 曰,

"諸將軍卒을 읏지 지휘ᄒᆞ랴 ᄒᆞ난요?"

도원슈 평국이 쥬曰,

"心中의 다 정ᄒᆞ여ᄉᆞ오니, 行軍 時의 각각 所任을 定ᄒᆞ야 ᄒᆞ나이다."

ᄒᆞ고, 즉時 將師 千餘 원과 軍士 八十萬을 取軍ᄒᆞ여 癸丑 甲子日 行軍할ᄉᆡ, 원슈 슌금투고의 白布[8] 銀甲 입고, 허리의 寶弓과 비용[9]을 ᄎᆞ고, 左手의 산호편과 右手의 슈긔[10]을 들어, 군즁의 호령ᄒᆞ여 諸군卒을 지휘ᄒᆞ니, 위풍이 엄슉ᄒᆞ더라.

천자 ᄃᆡ희 曰,

"元帥의 用兵之才 일어ᄒᆞ니, 읏지 도젹을 근심ᄒᆞ리요?"

ᄒᆞ시고, ᄃᆡ장긔에 어필노 한임학ᄉᆞ 겸 ᄃᆡ원슈 洪平國이라 쓰시고 층찬불이ᄒᆞ시더라.

元帥 行軍할ᄉᆡ 긔치창금은 日月을 희롱ᄒᆞ고, 고각함셩은 山川이 振動ᄒᆞ여, 위엄 百里 外의 버려더라. 장졸을 ᄌᆡ촉ᄒᆞ여 玉門關의 向할ᄉᆡ, 天子 元帥의 行軍을 구경코ᄌᆞ ᄒᆞ여 졔신을 거나리고 거동할ᄉᆡ 陣 박긔

7) 천단(淺短): 지식이나 생각 따위가 얕고 짧음.
8) 白布: '白袍(백포)'의 오기. 예전에, 주로 예복으로 겉에 입던 흰 도포.
9) 비용: 회동서관본에는 '비룡살'로 표기되어 있다.
10) 수기(手旗): 행진할 때 장수가 손에 들어 그 직책을 표시하던 군기(軍旗).

일으니, 수문장이 진문을 구지 닷거날, 젼두관[11])이 웨여 曰,

"天子 이곳의 거동ᄒᆞ여스니 진문을 밧비 열나."

ᄒᆞ니, 슈문장이 曰,

"군즁의 문 장군지영이요, 不聞天子之詔라 ᄒᆞ니[12]) 將令 읍시 문을 열 이요."

ᄒᆞᆫᄃᆡ, 젹셔[13])을 젼ᄒᆞ시니, 元帥 天子 오신 쥴을 알고 진문을 크게 열고 쳔ᄌᆞ을 마질ᄉᆡ, 守門將이 알뢰되,

"진즁의 말을 달이지 못ᄒᆞ나이다."

天子 단기로 장ᄃᆡ[14]) 아ᄅᆡ 일으시니, 원슈 급피 장ᄃᆡ의 ᄂᆡ려 지리 읍ᄒᆞ고 曰,

"갑옷 입은 군ᄉᆞ는 졀을 못ᄒᆞ나이다."

ᄒᆞ고, 복지ᄒᆞᆫᄃᆡ, 上이 층ᄉᆞᄒᆞ시고, 좌우을 도라보와 曰,

"元帥의 진볍이 옛날 周亞夫[15])을 본바다스니 무숨 념녀 잇스리요?"

ᄒᆞ시고, ᄇᆡᆨ모[16]) 황월[17])과 인검[18])을 쥬시니 軍中이 더욱 엄슉ᄒᆞ더라. 天子 遠路의 功을 일우고 도라옴을 당부ᄒᆞ시고 還宮ᄒᆞ시니라.

이ᄯᅢ 元帥 향군ᄒᆞᆫ지 三朔만의 옥문관의 일으니, 관슈[19]) 셕탐이 皇城大兵이 온 쥴 알고 ᄃᆡ희ᄒᆞ여, 셩문을 열고 元帥을 마져 져장[20])을 군례 바

---

11) 전두관(前頭官): 맨 앞에 선 장수.
12) 불문천자지조(不聞天子之詔)라 하니: 천자의 조서를 듣지 못했다 하니.
13) 젹셔: '격서(檄書)'인 듯하다. 격서는 '급히 사람들에게 알리려고 각처로 보내는 글'이다. 회동서관본에는 '됴셔(詔書)'로 표기되어 있다. 조서는 '임금의 명령을 일반에게 알릴 목적으로 적은 문서'를 뜻한다. 앞에 나오는 '不聞天子之詔'를 고려하면 '조서'가 적합하다.
14) 장대(將臺): 장수가 올라서서 명령·지휘하던 대.
15) 주아부(周亞夫): 한나라 경제(景帝) 때, 오나라와 초나라 등 일곱 제후국이 연합해 일으킨 반란을 제압한 인물.
16) 백모(白旄): 털이 긴 쇠꼬리를 장대 끝에 매달아놓은 기(旗).
17) 황월(黃鉞): 황금으로 장식한 도끼.
18) 인검(引劍): 임금이 병마를 통솔하는 장수에게 주던 검.
19) 관수(關守): 국경 기타 요지를 지키는 장수.
20) 제장(諸將): 여러 장수.

들시, 군즁이 엄슉ᄒᆞ더라. 元帥 關壽[21]을 불너 大賊의 형셰을 물르니, 셕탐이 ᄃᆡ 曰,

"도젹의 형셰 쳘통갓도쇼이다."

ᄒᆞ니, 이튼날 ᄯᅥ나 벽원의 다다라 留陣ᄒᆞ고 젹진을 바라보니, 平原廣野의 살긔 충쳔ᄒᆞ고 긔치 금극[22]이 日光을 희롱ᄒᆞ더라. 元帥 敵陣을 바라보고 안져 군즁의 호령 曰,

"장령을 어긔ᄂᆞᆫ 자면 군볍을 시힝ᄒᆞ리라."

萬陣 將卒이 황겁 안이ᄒᆞ리 읍더라.

21) 關壽: '關守(관수)'의 오기.

22) 검극(劍戟): 칼과 창.

평국의 활약

이튿날 평明의 원슈 순金투고의 白雲甲 입고 三尺長劍을 들고 준총마 上의 두렷시 안져, 진문을 크게 열고 나셔며 ᄃᆡ호 왈,

"젹장은 들으라 天子의 聖德이 어지ᄉᆞ 天下 百姓이 겍양歌을 부르며 萬歲 층호ᄒᆞ거날[1], 너희 놈이 叛心을 두어 황셩을 범코ᄌᆞ ᄒᆞ니, 天子 百姓을 건지랴 ᄒᆞ시고, 나을 명초ᄒᆞ여 보ᄂᆡ시니, 너희 등은 목을 드리여[2] ᄂᆡ 칼을 바드라. 두렵거던 ᄲᆞᆯ이 와 항복ᄒᆞ라."

ᄒᆞᄂᆞᆫ 쇼ᄅᆡ 泰山이 움지긔ᄂᆞᆫ 듯ᄒᆞ니, 飛巳장군 악ᄃᆡ 이 말을 듯고 ᄃᆡ로ᄒᆞ여, 匹馬 단창으로 진문 박긔 나셔며 웨여 曰,

"녀ᄂᆞᆫ 口生乳臭라. 웃지 나을 ᄃᆡ젹ᄒᆞ리요? ᄂᆡ 칼을 바드라."

ᄒᆞ고, 달여들거날, 元帥 웃고 장검을 놉펴 들고 마을 ᄎᆡ치[3] 달여들러,

1) 만세(萬歲) 칭호(稱號)하거늘: 만세를 부르거늘.
2) 드리여: '늘이어'의 오기. 회동서관본에는 '느리여'로 표기되어 있다.
3) 채쳐: 채찍을 휘둘러 세게 쳐.

십여 합의 승부을 결치[4] 못ᄒᆞ더니, 徐達이 장ᄃᆡ의셔 보다가 악ᄃᆡ 칼빗치 점점 쇠진ᄒᆞ고 平國의 검光 노숑 속의 번ᄀᆡ갓치 더욱 식식ᄒᆞᆫ지라. 급피 징을 쳐 군ᄉᆞ을 거두거날, 元帥 분함을 먹음고 본진으로 도라오니, 져장 군졸이 元帥 층찬 曰,

"원슈의 變化之술과 좌충우돌ᄒᆞᄂᆞᆫ 볍은 春三月 楊柳가지 바람 압피 노이난 듯, 秋九月 初生달이 흑운을 혀치ᄂᆞᆫ 듯ᄒᆞ더이다."

ᄒᆞ더라.

이젹의 中軍將 보국이 아뢰되,

"明日은 ᄂᆡ가 나가 악ᄃᆡ의 머리을 베혀 휘ᄒᆞ의 올이이다."

元帥 말을 듯고 말유ᄒᆞ여 왈,

"악ᄃᆡ는 범상치 안이ᄒᆞᆫ 장ᄉᆞ니 中軍은 물너 잇스라."

ᄒᆞ니, 종시 듯지 안이ᄒᆞ고 간쳥ᄒᆞ거날, 元帥,

"中군이 ᄌᆞ쳥ᄒᆞ여 공을 세우고ᄌᆞ ᄒᆞ건이와 만일 여意치 못ᄒᆞ면 군볍을 시힝ᄒᆞ리라."

ᄒᆞ니, 즁군이 왈,

"그이ᄒᆞ옵쇼셔."

元帥 曰,

"군즁은 ᄉᆞ졍이 읍난니 軍律노 다짐두라."

ᄒᆞ니, 즁군이 투고을 벗고 다짐을 올이니라.

잇튼날 平明의 보국이 갑쥬을 갓초고 용춍마상에 올나 안고, 원슈는 친이 북치을 들어,

"만일 위틔ᄒᆞ거던 징을 쳐 퇴군ᄒᆞ옵쇼셔[5]."

ᄒᆞ고, (보국이) 진문 박긔 나셔며 ᄃᆡ호 曰,

4) 결치: (승부를) 내지.

5) 틔군ᄒᆞ옵쇼셔: 퇴군하옵소서. 회동서관본에는 '퇴ᄒᆞ리라'로 표기되어 있다. 전후 대화에서 홍원수가 하라체를 쓰고 있는 것으로 미루어, '퇴ᄒᆞ리라'가 적합하다.

"어제날 우리 원슈 너희을 베히긔 불상이 여겨 그져 도라왓스나, 今日은 날로 ᄒᆞ야금 너을 베히라 ᄒᆞ시믜, 쌀이 나와 닉 칼을 바드라."
ᄒᆞ니, 賊將 大忿ᄒᆞ여 졍셔장군 무길을 명ᄒᆞ여,
"輔國의 머리을 베허 드리라."
ᄒᆞ니, 무길이 영을 듯고 장창[6] 出馬ᄒᆞ여 합戰ᄒᆞ더니, 슈합이 못ᄒᆞ여 보국의 칼이 빗나며 무길의 머리 馬下의 ᄂᆡ려지ᄂᆞᆫ지라. 칼긋티 ᄭᅦ여 들고 크게 불너 曰,
"젹장은 ᄋᆡ마ᄒᆞᆫ 장슈만 죽이지 말고 쌀이 나와 항복ᄒᆞ라."
ᄒᆞᆫ니, 총셔將軍 츙관이 (무길의 죽음을 보고 급히 ᄂᆡ다라 싸홀ᄉᆡ, 슘십여 합에 이르러 츙관이) 거짓 픠ᄒᆞ여 본진으로 다라나니, 보국이 승셰ᄒᆞ여 ᄹᅡ로더니, 젹진이 일시의 고함ᄒᆞ고 둘어ᄊᆞ니, 보국이 千餘 겹의 ᄊᆞ여ᄂᆞᆫ지라. 할 슈 읍셔 죽게 되야거날, 슈긔을 놉피 들고 元帥을 向ᄒᆞ여 탄식ᄒᆞ더니, 이ᄢᆡ 元帥 즁군의 급ᄒᆞ믈 보고, 북치을 더지고 준총마을 급피 모라 크게 웨여 曰,
"賊將은 ᄂᆡ의 즁군을 ᄒᆡ치 말나."
ᄒᆞ고, 슈다ᄒᆞᆫ 군즁의 좌층우돌ᄒᆞ여 고함을 지르고 헤쳐 들어가니, 젹진 將卒이 물결 헤여지듯 ᄒᆞ난지라. 元帥 보국을 엽피 ᄭᅵ고, 賊將 五十餘 원을 ᄒᆞᆫ칼노 버히고 萬軍 中의 橫行ᄒᆞ니, 徐達이 악ᄃᆡ을 도라보와 曰,
"平國이 ᄒᆞ니린[7] 쥴 알어더니, 至今 보건ᄃᆡ 슈십도 나문가 ᄒᆞ노라."
악ᄃᆡ 曰,
"大王은 근심치 마옵쇼셔."
셔달이 曰,

6) 장창: '정창(挺槍)'의 오기. 창을 겨누어 듦.
7) ᄒᆞ니린: 하나인. 회동서관본에는 '하나인'으로 표기되어 있다.

"뉘 능히 당ᄒᆞ리요? 즉은 슈을[8] 이로 층양치 못ᄒᆞ리노다."

이젹의 元帥 본진의 도라와 장ᄃᆡ의 놉피 안져 보국을 잡아 장ᄃᆡ 압피 쑬이니, 元帥 ᄃᆡ질 曰,

"中軍은 드르라. ᄂᆡ 말유ᄒᆞ되 ᄌᆞ원ᄒᆞ여 다짐두고 出戰ᄒᆞ더니, 젹將의 쇠의 빠져 ᄃᆡ국의 슈치함을 씨치니, ᄂᆡ 구치 안이ᄒᆞ랴다가 더려온 盜賊의 손의 안이 죽이고 法으로 ᄂᆡ가 쥭여 諸將을 호측고ᄌᆞ[9] ᄒᆞ여 구ᄒᆞ미니 쥭기을 셜어 말나."

ᄒᆞ며, 武士을 號令ᄒᆞ여,

"원문 밧긔 ᄂᆡ야 베히라."

ᄒᆞ니, 諸將이 一時의 伏地ᄒᆞ여 曰,

"中軍의 罪은 軍法을 시힝이 맛당ᄒᆞ오나 勇力을 다ᄒᆞ여 賊將 三十餘 원을 베히옵고 의긔 양양ᄒᆞ여 젹진을 경이 어기다가 敗을 보와ᄉᆞ오니, ᄒᆞᆫ번 승敗는 일시 상ᄉᆞ라. 伏願 大元帥는 용셔ᄒᆞ옵쇼셔."

ᄒᆞ며, 一時의 頓首謝拜[10]ᄒᆞ니 元帥 이윽키 ᄉᆡᆼ각ᄒᆞ다가 속으로 웃고 曰,

"그ᄃᆡ을 베혀 져장을 본밧게 ᄒᆞᄌᆞ ᄒᆞ여던니, 諸將의 面을 보와 용셔ᄒᆞ거니와 ᄎᆞ후는 그리 말나."

ᄒᆞ며, 우스니, 보국이 百拜謝禮ᄒᆞ고 물너가니라.

잇튼랄 平明의 元帥 갑쥬을 갓초고 말게 올나 칼을 들고 나셔며 ᄃᆡ호 왈,

"어졔는 우리 즁군이 ᄑᆡᄒᆞ여건니와 오날은 ᄂᆡ 친이 ᄊᆞ와 너히을 합몰ᄒᆞ리라."

ᄒᆞ며, 점점 나아가이 젹진이 황겁ᄒᆞ여 아모리 할 쥴 모로더니, 이젹의 악ᄃᆡ 분을 익기지 못ᄒᆞ여 달여들어 十餘 합의 일으려, 元帥의 劍光이

8) 즉은 슈을: 죽은 수를. 회동서관본에는 '쥭ᄂᆞᆫ 수ᄂᆞᆫ'으로 표기되어 있다.

9) 효칙(效則)고자: 본받아 법으로 삼게 하고자.

10) 頓首謝拜: '頓首四拜(돈수사배)'의 오기. 머리를 손 위에 조아리며 네 번 절함.

빗나며 악디 머리 마하의 쩌려지거날, 칼씃틔 쌔여 들고 또 즁군장 마하의영[11]을 베히고 칼춤 츄며 本陣으로 도라와, 악디 머리을 함의 봉ᄒᆞ여 皇城의 올니니라.

잇짜 셔달이 악디 죽음을 보고 仰天痛哭 曰,

"이졔 악디을 죽여스니 平國을 뉘 잡으리요?"

ᄒᆞ니, 쳘통골이 엿ᄌᆞ오디,

"平國을 잡을 계교 잇ᄉᆞ오니 근심치 마옵쇼셔. 졔 아모리 용밍이 잇ᄉᆞ오나 이 계교의 빠질 거시니 보옵쇼셔."

ᄒᆞ고, 이날 밤의 장졸을 명ᄒᆞ여,

"군ᄉᆞ 三千식 거나려 天門洞 어구의 미복ᄒᆞ여다가 平國을 유인ᄒᆞ여 골 어구의 들거든 ᄉᆞ면의 불을 질으라."

ᄒᆞ고, 보니니라.

이튼날 平明의 쳘통골이 갑쥬을 갓초고 진문 박긔 나셔며 도젼할시 크게 웨여 曰,

"명장 平國은 쌀이 나와 니 칼을 바드라."

ᄒᆞ거날, 元帥 大忿ᄒᆞ여 달여들어 슈십여 합의 승부을 결치 못ᄒᆞ더니, 쳘통골이 거짓 피ᄒᆞ여 투고을 벗셔 들고 창을 쎌고 말머리을 두류여[12] 쳔문동으로 들어가거날, 元帥 쫏ᄎᆞ갈시 날이 임의 져물어는지라. 元帥 젹장 씌의 빠진 쥴 알고 말을 두류려 할 지음의 ᄉᆞ면의 난디읍는 불이 일어나 火光이 충쳔ᄒᆞ거날, 元帥 아모리 싱각ᄒᆞ되 피할 길이 읍셔 앙쳔 탄曰,

"나 ᄒᆞ나 죽으면 天下 江山이 오랑키 놈의 世上이 되리노다. ᄒᆞ물며

11) 마하의영: '마하영'인 듯. '마하영'을 중군장 이름으로 보았다. 회동서관본에는 '마하명'으로 표기되어 있다.
12) 두류여: 도로여. 돌려. 회동서관본에는 '도로여'로 표기되어 있다. '도로다'는 '돌리다'의 옛말이다.

일흔 父母을 다시 보지 못할 거시니 웃지ᄒᆞ리요."
ᄒᆞ다가, 문득 ᄉᆡᆼ각ᄒᆞ고 先生의 쥬시던 봉셔을 ᄂᆡ야 급피 쩨여보니 ᄒᆞ여스되,

'봉셔 속의 부작을 써 너허스니 쳔문洞 火災을 만나거든 이 부작을 각 방의 날이고 龍子을 셰 번 부르라.'

ᄒᆞ여거날, 元帥 ᄃᆡ흐[13]ᄒᆞ여 하날게 츅슈ᄒᆞ고 부작을 四方의 날이고 용ᄌᆞ을 셰 번 부르니, 이윽고 西風이 大作ᄒᆞ더니, 北方으로셔 黑雲이 일어나며 뇌셩벽역이 진동ᄒᆞ며 소낙비가 나리더니, 火光이 일시의 실어지거날,[14] 元帥 바라보니, 비 긋치며 月色이 東天의 걸여ᄂᆞᆫ지라. 본진으로 도라오며 살피보니, 셔달의 十萬兵도 간 ᄃᆡ 읍고 明國 大兵도 다 읍거날 원슈 ᄉᆡᆼ각ᄒᆞ되,

'셔달이 나 쥭은 쥴 알고 진을 파ᄒᆞ여 皇城으로 가또다.'

ᄒᆞ며, 너룬 沙場의 홀노 셔셔 갈 곳슬 몰나 탄식ᄒᆞ더니, 이윽고 玉門關으로 항셩[15]이 들이거날, 元帥 말을 칙쳐 항셩을 좃ᄎᆞ가니 금고[16]쇼ᄅᆡ 진동ᄒᆞ며 쳘통골이 웨여 曰,

"明國 中軍은 닷지고[17] 말고 ᄂᆡ 칼을 바드라. 너희 大元帥 平國은 天門洞 火災의 죽어스니 네 웃지 나을 ᄃᆡ젹ᄒᆞ리요?"

ᄒᆞ며, 橫行ᄒᆞ거날 元帥 듯고 ᄃᆡ분ᄒᆞ여 웨여 曰,

"젹장은 ᄂᆡ 즁군을 히치 말나. 天門洞 火災의 쥭은 平國이 예 왓다."

ᄒᆞ며, 번ᄀᆡ갓치 달여드니, 셔달이 쳘통골을 도라보와 曰,

"平國이 죽은가 ᄒᆞ여더니 이 일 웃지 ᄒᆞ리요?"

---

13) 대희(大喜): 매우 기뻐함.
14) 스러지거늘: (불기운이) 약해져서 꺼지거늘.
15) 항셩: '함성(喊聲)'의 오기.
16) 금고(金鼓): 고려·조선시대에, 군중(軍中)에서 호령하는 데 사용하던 징과 북.
17) 닷지고: 닷지. '닷지고'에서 '고'를 빼야 함. 달아나지.

쳘통골이 엿ᄌᆞ 曰,

"이제 밧비 도망ᄒᆞ여 본진으로 도라갓다가 다시 起兵함만 갓지 못ᄒᆞ여이다. 이졔 아모리 싸호ᄌᆞ ᄒᆞ여도 셰궁力盡ᄒᆞ여 픽할 거시니, 밧비 군卒을 거나려 벽파도로 가ᄉᆞ이다."

ᄒᆞ고, 졔장 三十餘 원을 거나리고 江邊의 나가, 魚夫[18] ᄇᆡ을 ᄈᆡ셔 타고 벽파도로 가니라.

이ᄯᅴ 元帥 匹馬 단창으로 짓쳐 들어가니, 칼 빗치 번ᄀᆡ갓고 죽엄 邱山[19] 갓튼지라. 元帥 ᄒᆞᆫ칼로 十萬 大兵 파ᄒᆞ고 셔달 등을 ᄎᆞ지야 ᄒᆞ고 살펴보니, 약간 나문 군ᄉᆞ 다라나며 우난 말이,

"셔달아, 너만 도망ᄒᆞ여 살야 ᄒᆞ고, 우리ᄂᆞᆫ 외로온 고혼이 되야 ᄒᆞ고 도망ᄒᆞᄂᆞᆫ야?"

ᄒᆞ며, 슬피 운니 도로여 쳐양ᄒᆞ더라.

元帥 셔달 등을 ᄎᆞ지야 할 졔 문득 옥문관으로 들니는 쇼ᄅᆡ 나거날 원슈 싱각ᄒᆞ되,

'젹장이 그리로 갓도다.'

ᄒᆞ고, 급피 말을 치쳐 가니라.

이ᄯᅴ 보국은 일언 쥴은 몰로고 가삼을 두다리며 희미ᄒᆞᆫ 칼 빗회 보고, 젹장이 오난가 ᄒᆞ여 다라나더니, 後군이 奏曰,

"뒤의 오나니가 千門(洞) 火災의 죽은 우리 元帥의 혼빅인가 뵈외다."

ᄒᆞ니, 즁군이 ᄃᆡ경 曰,

"읏지 아는다?"

후군이 쥬왈,

18) 魚夫: '漁夫(어부)'의 오기.
19) 구산(邱山): 언덕과 산을 아울러 이르는 말. 물건이 많이 쌓인 모양을 비유적으로 이르는 말. 구산(丘山).

"희미ᄒᆞᆫ 칼[20] 빗희 뵈외니 타신 말이 쥰총마요, 투고와 갑옷 빗치며 거동이 元帥의 힝ᄉᆡᆨ인가 ᄒᆞ나이다."

보국이 그 말 듯고 반겨 군ᄉᆞ을 머무르고 셔셔 기다리니, 元帥의 音聲이어날 輔國이 ᄃᆡ흐ᄒᆞ여 크게 웨여 曰,

"小將은 中軍 보국이오니 긔운을 허비치 마옵쇼셔."

元帥 듯고, 크계 웨여 曰,

"네 分明 보국이면 군ᄉᆞ로 ᄒᆞ야 칼 보ᄂᆡ라."

ᄒᆞ니, 보국이 ᄃᆡ흐ᄒᆞ여 칼과 슈긔을 보ᄂᆡ니, 원수 보고 달여와 말게 나려 보국의 손을 잡고 帳中의 들어가 喜喜樂樂ᄒᆞ여 曰,

"千門洞[21] 화ᄌᆡ의 죽게 되야더니……"

션ᄉᆡᆼ의 봉셔을 보고 이리이리ᄒᆞ여 버셔난 말과 본진으로 오다가 젹진을 파ᄒᆞ고 셔달 등은 도망ᄒᆞ여 잡지 못ᄒᆞᆫ 말이며, 셰셰이 설화ᄒᆞ고 쉬더니, 날이 발그며 군ᄉᆞ 보ᄒᆞᆫ되[22],

"셔달이 도망ᄒᆞ여 벽파도로 갓다 ᄒᆞ오니 도젹을 잡게 ᄒᆞ옵쇼셔."

元帥 이 말 듯고 ᄃᆡ흐ᄒᆞ여, 직시 군ᄉᆞ을 거나리고 江邊의 일으어, 漁船을 잡아타고 근너갈ᄉᆡ, ᄇᆡ마다 긔치창검을 셰우고, 元帥는 中軍의 단을 놉피모고[23], 갑쥬을 갓초고 三尺長劍을 놉피 들고, 中軍의 호령ᄒᆞ여 ᄇᆡ을 져어 벽파도로 항할ᄉᆡ, 식식ᄒᆞᆫ 위풍과 늠늠ᄒᆞᆫ 거동이 일셰 영웅일너라.

20) 칼: 'ᄃᆞᆯ'의 오기. 회동서관본에는 'ᄃᆞᆯ'로 표기되어 있다.
21) 千門洞: '天門洞(천문동)'의 오기. 이하 동일.
22) 보ᄒᆞᆫ되: 보ᄒᆞ되.
23) 中量의 단을 놉피모고: 회동서관본에는 '쥬중에 좌졍을 놉히고'로 표기되어 있다. 문맥상 회동서관본이 자연스럽다.

벽파도에서 부모를 만나다

잇ᄯᆡ 洪侍郎은 夫人으로 더부려 桂月을 ᄉᆡᆼ각ᄒᆞ고 每日 셜워ᄒᆞ더니, 뜻박긔 들ᄂᆡᄂᆞᆫ[1] 쇼ᄅᆡ 나거날, 놀나 급피 초막 박긔 나셔 보니, 무슈ᄒᆞᆫ 盜賊이 들ᄂᆡ거날[2], 侍郎이 夫人을 다리고 쳔방지방 도망ᄒᆞ여 山谷으로 들어가 바회 틈의 몸을 감초고 통곡ᄒᆞ더니, 그 (이)튼날 平明의 江上을 바라보니, ᄇᆡ의 군ᄉᆞ을 싯고 긔치창검이 셔리갓고, 함셩 진동ᄒᆞ며 벽파도로 향ᄒᆞᄂᆞᆫ지라. 侍郎이 더옥 놀나 몸을 감초고 잇더니라.

元帥 벽파도의 다달나 ᄇᆡ을 강변의 ᄆᆡ고, 진을 치며 號令 曰,

"徐達 等을 밧비 잡우라."

ᄒᆞ니, 諸將이 一時의 고함ᄒᆞ고 벽파도을 둘너ᄊᆞ니, 셔달이 할일읍셔

1) 들ᄂᆡᄂᆞᆫ: 회동서관본에는 '들네난'으로 표기되어 있다. '들레다'는 '야단스럽게 떠들다'라는 뜻이다.

2) 들ᄂᆡ거날: 회동서관본에는 '둘넛거놀'로 표기되어 있다. 회동서관본을 따르면, '둘렀거늘'이 되며, 그 뜻은 '주위를 둘러싸고 있거늘' 정도가 된다. 바로 위의 각주에서처럼 '들네거날'로 보아, '야단스럽게 떠들거늘'로 보아도 된다.

ᄌᆞ걸코ᄌᆞ ᄒᆞ더니, 元帥의 將卒의게 잡피ᄂᆞᆫ지라. 元帥 장ᄃᆡ의 놉피 안져 셔달 등을 ᄃᆡ하의 꿀이고 호령 曰,

"이 도젹을 ᄎᆞ례로 군문 박긔 ᄂᆡ야 베히라."

ᄒᆞ니, 무ᄉᆞ 일시의 달여들어 쳘통골을 먼져 잡아ᄂᆡ야 베히고, 그 나문 졔장은 ᄎᆞ례로 베히니라. 이ᄯᅴ 군卒이 元帥게 엿ᄌᆞ오ᄃᆡ,

"웃던 ᄉᆞ람이 女人 三人을 다리고 山中의 숨어기로 잡아 ᄃᆡ령ᄒᆞ여나이다."

ᄒᆞ거날 元帥 잠간 머무르고,

"그 네 사람을 잡아드리라."

ᄒᆞ니, 武士 ᄂᆡ다라 결박ᄒᆞ여 ᄃᆡ하의 꿀리고 罪目을 물을ᄉᆡ, 이 네 ᄉᆞ람이 넉슬 일어더라. 元帥 書案을 치며 曰,

"네히을 보니, 大國 服色이라. 賊兵이 네희을 응ᄒᆞ여 同心合力ᄒᆞ여던다? 바로 아뢰라."

侍郎이 황급ᄒᆞ여 졍신을 진졍ᄒᆞ여 曰,

"小人이 前日 ᄃᆡ국셔 侍郎 베슬ᄒᆞ옵다가 소인 참쇼의 고향의 도라와 農業을 일삼다가 張仕郎亂의 잡펴 이곳스로 졍ᄇᆡ온 罪人이오니, 죽어 맛당ᄒᆞ여지다."

元帥 이 말을 듯고, ᄃᆡ질 曰,

"네 天子 聖恩 ᄇᆡ반ᄒᆞ고 녁젹 장ᄉᆞ랑의게 부탁ᄒᆞ여다가 셩상이 어지ᄉᆞ 너을 쥭이지 아니ᄒᆞ시고 이곳스로 졍ᄇᆡᄒᆞ시니, 그 은혜을 ᄉᆡᆼ각ᄒᆞ면 빅골난망이여날, 이졔 ᄯᅩ 젹장의 ᄂᆡ응되야다가 일어틋 잡펴스니, 네 웃지 발명ᄒᆞ리요?"

ᄒᆞ고,

"잡아ᄂᆡ야 베히라."

ᄒᆞ니, 양부인이 앙쳔 통곡 曰,

"ᄋᆡ고 이것시 어인 일인가. 桂月아, 桂月아, 너와 ᄒᆞᆫ가지(로) 江물의 싸져 그씨 나 쥭어더면 일언 욕을 아니 볼 것슬, 하날이 미워 예기ᄉᆞ 모진 목슘이 살아다가 이 거동을 보ᄂᆞᆫ쏘다."

ᄒᆞ며, 기졀ᄒᆞ거날, 元帥 이 말을 듯고 문득 先生 일으시(던) 말을 싱각ᄒᆞ고 ᄃᆡ경ᄒᆞ여, 압피 각가(이) 안져 물어 曰,

"악가 들르니 桂月과 ᄒᆞᆫ가지(로) 쥭지 못ᄒᆞ믈 한ᄒᆞ니, 桂月은 뉘며, 그ᄃᆡ 성명은 뉘라 ᄒᆞ난요?"

夫人이 對曰,

"小女는 ᄃᆡ국 九溪村의 ᄉᆞ는 梁處士의 女息이오며, 家君은 洪侍郎이ᄋᆸ고 저 게집은 시비 양윤이요, 桂月은 小女의 ᄯᆞᆯ이로쇼이다."

ᄒᆞ며, 前後슈말을 낫낫치 고ᄒᆞ니, 元帥 이 말을 드르ᄆᆡ 天地 아득ᄒᆞ고 世上事가 ᄭᅮᆷ갓튼지라. 급피 뛰여 ᄂᆡ려 夫人의 손을 붓들고 통곡 曰,

"어마임, ᄂᆡ가 물의 들던 桂月이로쇼이다."

ᄒᆞ며, 기졀ᄒᆞ니, 夫人과 侍郎이 이 말을 듯고 셔로 통곡 기졀ᄒᆞ니, 쳔여 원 졔장과 八十萬 군兵이 이 광경을 보고 웃젼 일인지 아지 못ᄒᆞ고 셔로 도라보며 공논ᄒᆞ여, 或 눈물을 흘이며,

"千古의 드문 일이라."

ᄒᆞ며, 영 ᄂᆡ리기을 기다리더라. 보국은 이왕 平國이 父母 일은 쥴을 아ᄂᆞᆫ지라. 元帥 정신을 진정ᄒᆞ여 부모을 장ᄃᆡ의 뫼시고 엿ᄌᆞ오ᄃᆡ,

"그ᄯᆡ예 물의 떠가다가 武陵浦 呂公을 만나 건져 집으로 도라가 親子息갓치 길너, 그 아들 보국과 ᄒᆞᆫ가지(로) 어진 先生을 갈흐여 同問受學[3]ᄒᆞ와, 先生의 덕틱으로 皇城의 올나가 두리 다 同房급졔[4]ᄒᆞ여 할임학ᄉᆞ로 잇다가, 셔달이 반ᄒᆞ오ᄆᆡ 小子은 元帥가 되ᄋᆸ고, 보국은 中軍이 되야……"

3) 同問受學: '同門受學(동문수학)'의 오기.
4) 同房급졔: '同榜及第(동방급제)'의 오기.

이번 ᄡᆞ홈의 젹진을 파ᄒᆞᆫ 말ᄉᆞᆷ이며,

“또 徐達 等이 도망ᄒᆞ여 이곳스로 오ᄋᆞᆸ기예 잡으어 왓ᄉᆞᆸ더니 千幸으로 父母을 만나나이다.”

ᄒᆞ며, 젼후(수)말을 낫낫치 고ᄒᆞ니, 시량과 夫人이 듯고 고상ᄒᆞ던 말을 일일이 다 셜화ᄒᆞ며 슬피 통곡ᄒᆞ니, 山川草木이 다 含淚ᄒᆞᄂᆞᆫ 듯ᄒᆞ더라.

元帥 졍신을 진졍ᄒᆞ여 부인의 졋슬 만지며 ᄉᆡ로 통곡ᄒᆞ다가 梁允을 어로만지며 曰,

“ᄂᆡ 네 등의 ᄯᅥ나지 아니ᄒᆞ던 졍곡과 물의 들 ᄯᆡ예 (네) 울며 이별ᄒᆞ던 (일을) ᄉᆡᆼ각ᄒᆞ면 칼노 베히ᄂᆞᆫ 듯ᄒᆞ도다. 너는 부인을 모시고 쥭을 ᄋᆡᆨ을 열어 번 지ᄂᆡ다가 일어틋 만나니, 이 읏지 (아니) 질거우리요.”

ᄒᆞ며, 춘郎 압피 나가 졀ᄒᆞ고, 공경 치ᄉᆞ 曰,

“황天[5]의 가 만날 父母을 이ᄉᆡᆼ의 다시 만나 뵈오기ᄂᆞᆫ 夫人의 덕튁이라. 이 은혜을 읏지 다 갑푸릿가.”

춘랑이 회ᄉᆞ[6] 曰,

“미쳔ᄒᆞᆫ ᄉᆞ람을 이다지 관ᄃᆡᄒᆞ시니, 황공ᄒᆞ와 알될 말ᄉᆞᆷ이 읍나이다.”

元帥 븟들어 ᄃᆡ상의 안치고 더옥 恭敬ᄒᆞ더라.

이ᄯᆡ 中軍將 輔國이 장ᄃᆡ 압피 들어와 문후ᄒᆞ고 元帥게 父母 相逢함을 치하[7]ᄒᆞ니, 元帥 ᄃᆡ히[8]의 ᄂᆡ려 보국의 ᄉᆞᆫ을 잡고 ᄃᆡ상의 올나가

5) 황天: ‘황천(黃泉)’의 오기. 저승.
6) 회ᄉᆞ: 회사(回謝). 사례하는 뜻을 표함.
7) 치하: 致賀. 남이 한 일에 대해 고마움이나 칭찬의 뜻을 표시함. 주로 윗사람이 아랫사람에게 한다. 회동서관본에는 ‘하례(賀禮)’로 되어 있는데, 문맥으로 보아 축하하여 예를 차린다는 뜻의 ‘하례’가 옳다.
8) ᄃᆡ히: ‘ᄃᆡ하(臺下)’의 오기. 대(臺)의 아래.

侍郎게 뵈와 왈,

"이 ᄉᆞ람은 小子와 同門受學ᄒᆞ던 呂公의 아들 보국이로쇼이다."

ᄒᆞ니, 侍郎이 듯고 급피 일어나 보국의 숀을 잡고 流涕 曰,

"그ᄃᆡ 父親 덕턱으로 죽어던 ᄌᆞ식을 다시 보니, 이ᄂᆞᆫ 결초보은ᄒᆞ여도 못 갑풀가 ᄒᆞ니 무어스로 갑푸리요?"

ᄒᆞᆫᄃᆡ, 보국이 칭ᄉᆞ[9]ᄒᆞ고 물너나니, 만진 장졸이 ᄯᅩᄒᆞᆫ 元슈게 부모 相逢함을 치하 분분ᄒᆞ더라.

이튼날 평명의 군즁의 좌긔[10]ᄒᆞ고, 군ᄉᆞ을 호영ᄒᆞ여 셔달 등을 쓸니고, 항셔을 바든 후의 장ᄃᆡ의 올여 안치고, 도로여 치ᄉᆞᄒᆞ여 曰,

"그ᄃᆡ 만일 이곳의 오지 아이ᄒᆞ여던덜 웃지 ᄂᆡ의 부모을 만나스리요? 이후로붓틈은 은인이 되야도다."

ᄒᆞ니, 셔달 등이 그 말 듯고 감ᄉᆞᄒᆞ여 복지 ᄉᆞ은 曰,

"無道ᄒᆞᆫ 盜賊이 元帥의 숀의 죽을가 ᄒᆞ여던이, 도로여 치ᄉᆞ을 듯ᄉᆞ오니, 이졔 죽ᄉᆞ와도 元帥의 德은 갑플 기리 읍나이다."

ᄒᆞ더라.

원슈 셔달 등을 본국으로 돌여보ᄂᆡ고, 近邑 슈슈의게 傳令ᄒᆞ여 안마[11]와 교ᄌᆞ을 등ᄃᆡ니ᄒᆞ,[12] 父親과 母夫人을 뫼시고 千餘 諸將과 八十萬 軍士을 거나려 옹위ᄒᆞ여 옥문관으로 향할ᄉᆡ, 거긔치즁[13]이 天子의게 비길너라. 옥문관의 다다나 이 ᄉᆞ연을 天子게 주문[14]ᄒᆞ니라.

9) 칭사(稱謝): 고마움을 표현함.
10) 좌기(坐起): 관아의 으뜸 벼슬에 있던 이가 출근하여 일을 시작함.
11) 안마(鞍馬): 안장을 얹은 말. 안구마(鞍具馬).
12) 등ᄃᆡ니ᄒᆞ: '등ᄃᆡᄒᆞ니'의 오기.
13) 거기치중(車騎輜重): 마차와 하물차(荷物車). 의복을 실은 것을 치(輜), 여러 가지를 실은 것을 중(重)이라 한다.
14) 주문(奏聞): 주달(奏達). 임금에게 아뢰던 일.

천자의 신임

이ᄯᆡ 天子 악ᄃᆡ의 머리을 바다 보신 후 元帥의 消息을 몰나 주야 염여ᄒᆞ시더니, 황경문 박ᄀᆡ 장졸이 장게을 올이거날 天子 開坼ᄒᆞ여 보시니 ᄒᆞ여스되,

'함임학ᄉᆞ 겸 ᄃᆡ원슈 평국은 돈슈ᄇᆡᆨ비ᄒᆞᆸ고 ᄒᆞᆫ 장 글을 탑ᄒᆞ의 올이나이다. 셔달 등을 쳐 파할ᄉᆡ 盜賊이 도망ᄒᆞ여 벽파도로 가기로 쫏ᄎᆞ 들어가 젹졸을 다 잡은 후의 이별ᄒᆞ여던 父母을 만나ᄉᆞ오니 ᄒᆞ감ᄒᆞᆸ쇼셔. 아비는 장ᄉᆞ랑과 ᄒᆞᆫ가지(로) 잡펴 벽파도로 졍ᄇᆡᄒᆞ여던 洪武로쇼이다. 복원 폐하는 臣의 베슬을 거두어 아비 죄을 쇽ᄒᆞ와 후인을 본밧게 ᄒᆞ시면 아비을 다리고 故鄕으 도라가 여년을 맛고ᄌᆞ ᄒᆞ나이다.'

ᄒᆞ여거날, 텬ᄌᆡ 보시고 ᄃᆡ경ᄃᆡ희ᄒᆞᄉᆞ 왈,

"平國이 ᄒᆞᆫ 번 가 北方을 平定ᄒᆞ고 ᄯᅩᄒᆞᆫ 부모을 만나다 ᄒᆞ니 이ᄂᆞᆫ 하날이 감동ᄒᆞ시니라."

ᄒᆞ시고, ᄯᅩ 가로ᄉᆞᄃᆡ,

“大元帥 올나오면 丞相이 되리니, 웃지 그 父의 베슬이 읍스리요?”
ᄒᆞ시고, 洪武을 비ᄒᆞ여 魏國公을 封ᄒᆞ시고 夫人의 봉비[1] 직쳡[2]과 魏公 封爵을 ᄉᆞ관을 명ᄒᆞ여 ᄒᆞ송[3]ᄒᆞ시고 曰,

“朕이 不明ᄒᆞᆫ 타스로 元帥의 父母을 정빗ᄒᆞ여 積年을 고싱ᄒᆞ다가 千幸으로 元帥을 만나 영화로 도라오니, 웃지 그 영화을 빗닉지 아이ᄒᆞ리요.”
ᄒᆞ시고, 宮女 三百 名을 튁취[4]ᄒᆞ여 綠衣紅裳을 입피고 부인 모실 금뎡[5]과 쌍교을 보닋사 시녀로 옹위ᄒᆞ여 皇城ᄭᆞ지 오게 ᄒᆞ시고, 御殿風流[6]와 紟衣花童[7] 千餘 名을 거나려 玉門關으로 向ᄒᆞ니라.

이ᄯᅢ ᄉᆞ관이 봉비 직쳡과 위공 봉작을 元帥게 드리니, 시랑과 부인이 바다 北向四拜ᄒᆞ고 開坼ᄒᆞ니, 시랑을 위국공을 봉ᄒᆞ시고 부인으로 貞烈夫人을 封ᄒᆞ신 직쳡일너라. ᄯᅩ 비답이 잇거날 보니, ᄒᆞ여스되,

‘元帥 ᄒᆞᆫ 번 가 北方을 平定ᄒᆞ고 ᄉᆞ직을 안보ᄒᆞ니, 그 공이 적지 아이ᄒᆞ며, ᄯᅩ 일어던 父母을 만나니, 일언 일은 千古의 드문지라. ᄯᅩᄒᆞᆫ 朕이 어지(지) 못ᄒᆞ여 卿의 부을 遠地의 정빗ᄒᆞ여 多年 고상ᄒᆞ게 ᄒᆞ여스니, 朕이 도로여 卿을 볼 面目이 읍도다. 글어나 밧비 올나와 朕의 기다림을 읍계 ᄒᆞ라.’
ᄒᆞ여거날, 위공 부ᄌᆞ 皇恩을 축슈ᄒᆞ고 이날 길을 ᄯᅥ나야 ᄒᆞ더니, 夫人 모실 금뎡과 各色 기계[8]을 下送ᄒᆞ여거날, 원슈 卽時 위의을 갓초와 부인은 금뎡의 모시고, 三百 侍女로 옹위ᄒᆞ며 금의화동을 좌우의 갈나

1) 봉비(封妃): 왕비를 봉하여 세우던 일.
2) 직첩(職牒): 조정에서 내리는 벼슬아치의 임명장.
3) 하송(下送): 밑으로 내려보냄. 또는, 윗사람이 아랫사람에게 물건을 보냄을 높여 이르는 말.
4) 택취(擇取): 선택. 여럿 가운데서 필요한 것을 골라 뽑음.
5) 금덩: 황금으로 호화롭게 장식한 가마.
6) 御殿風流: ‘御前風流(어전풍류)’의 오기.
7) 紟衣花童: ‘錦衣花童(금의화동)’의 오기.
8) 기계(器械): 연장, 연모, 그릇, 기구 따위를 통틀어 이르는 말.

셰우고, 어젼풍유을 울이며 쏫밧치 되야 오는듸, 춘랑과 梁允은 쇄금[9] 교주을 틱우고, 元帥는 魏公을 모셔올식, 八十萬 大兵과 諸將 千餘 원을 中軍將이 거나이고 션봉이 되야 승젼고을 울이며 四十里의 버려 들어 오니, 이젹의 天子 百官을 거나이고 元帥을 마질식, 위공과 원슈 말게 닉려 복지혼듸, 쳔징 반기ᄉ 曰,

"朕이 박지 못ᄒ여 위공을 젹연 고상ᄒ게 ᄒ엿스니, 朕이 도로여 부 쓸업도다."

ᄒ시며, 일변 ᄒᆞᆫ 손으로 위공의 손을 잡고, 또 ᄒᆞᆫ 손으로 원슈의 손을 잡으시고, 보국을 도라보와 曰,

"朕이 읏지 슈릐을 타고 경 등을 마지리요."

ᄒ시고, 三十里을 쳔징 친이 걸어오시니, 百官이 또ᄒᆞᆫ 걸어올식, 모든 百姓이 옹위ᄒ여 딕명젼거지 들어오니, 보는 ᄉ람이 뉘 아이 층찬ᄒ 리요? 쳔ᄌ 전좌ᄒ시고 元帥로 左承相 青州侯을 봉ᄒ시고, 보국으로 大司馬 大將軍 二府尚書[10]을 봉ᄒ시고, 그 나문 졔장은 ᄎ려로 공을 쓰 시고 원슈다려 문曰,

"경이 五歲의 부모을 일엇다 ᄒ니, 뉘 집의 가 의탁ᄒ여 ᄌ라스며 兵書는 뉘게 빅우며 경의 모는 十三年 고상을 어듸 가 지닉다가 벽파 도의셔 위공을 만나는요? 실ᄉ을 듯고ᄌ ᄒ로라."

ᄒ신듸, 元帥 前後曲即[11]을 낫낫치 쥬달ᄒ니, 天子 층찬ᄒ시고 曰,

"이는 古今의 읍는 일이로다."

ᄒ시고, 또 가로ᄉ듸,

"卿이 水中 고혼이 될 것슬 呂公의 德으로 살어 成功ᄒ여 朕을 돕게 ᄒ미니, 여공의 공이 읍스리요?"

---

9) 쇄금(碎金): 금가루.
10) 二府尚書: '吏部尚書(이부상서)'의 오기.
11) 前後曲即: '前後曲折(전후곡절)'의 오기.

ᄒᆞ시고, 여공으로 우복야 긔쥬후을 봉ᄒᆞ시고 부인으로 공열부인을 봉ᄒᆞᄉᆞ 봉비 직쳡과 봉후 공작을 ᄉᆞ관으로 무릉표[12]의 보ᄂᆡ시니라.

이ᄯᅴ의 呂公 부부 그 직쳡을 밧ᄌᆞ와 北向四拜 後, 卽時 行杖[13]을 ᄎᆞ려 부인과 황셩의 올나와, 여공이 탑前의 들어가 ᄉᆞ은슉ᄇᆡᄒᆞᆫᄃᆡ, 쳔ᄌᆡ 반기ᄉᆞ 층찬 曰,

"경이 平國을 길너ᄂᆡ야 ᄉᆞ직을 안보케 ᄒᆞ니, 그 공이 젹지 아이ᄒᆞ도다."

ᄒᆞ시니, 어공이 ᄉᆞ은ᄒᆞ고 물너나와 위공과 경녈부인게 뵈온ᄃᆡ, 위공과 부인이 다시 기좌ᄒᆞ여 치ᄉᆞ 曰,

"어지신 덕틱으로 桂月[14]을 구ᄒᆞᄉᆞ 친ᄌᆞ식 갓치 길너 입신양명ᄒᆞ게 ᄒᆞ시니, 은혜 ᄇᆡᆨ골난망이로소이다."

ᄒᆞ며, 悲懷를 검치[15] 못ᄒᆞ거날 여공이 더옥 감ᄉᆞᄒᆞ여 공슌 응답ᄒᆞ더라. 平國 輔國이 ᄯᅩᄒᆞᆫ 복지ᄒᆞ여 원노의 平安이 行次함을 치하ᄒᆞ니, 위공과 경녈부인(니)며 긔쥬후와 공열부인과 츈낭도 좌의 참예ᄒᆞ고 양뉸이 ᄯᅩᄒᆞᆫ 깃거함을 층양치 못ᄒᆞᄂᆞᆫ지라. 이날 大讌[16]을 ᄇᆡ셜ᄒᆞ고 三日(을) 길기니라. 이젹의 쳔ᄌᆞ 졔신을 도라보와 曰,

"平國 輔國을 ᄒᆞᆫ 宮궐 안의 살게 ᄒᆞ리라."

ᄒᆞ시고, 죵남ᄉᆞᆫ의 터을 닥가 집을 지을ᄉᆡ 千餘 간을 不日成之[17]로 지으시니, 장함을 층양치 못할너라. 집을 필ᄒᆞᆫ 후의 노비 쳔여 명과 슈셩군 百餘 名式[18] 賜給ᄒᆞ시고, ᄯᅩ ᄎᆡ단[19]과 보화을 슈쳔 바리을 상ᄉᆞᄒᆞ시

12) 무릉표: 무릉포.
13) 行杖: '行裝(행장)'의 오기.
14) 桂月: 여자라는 사실이 밝혀지기 전이므로 '평국'이라 해야 한다.
15) 검치: 금치. 금하지.
16) 大讌: 대연(大宴). 큰 잔치.
17) 불일성지(不日成之): 며칠 안으로 이룸.
18) 名式: '명씩'의 이두식 표기.
19) 채단(綵緞): 온갖 비단.

니, 平國 보국이 황은을 축슈ᄒᆞ고 ᄒᆞᆫ 궁궐의 각각 침쇼을 정ᄒᆞ고 거쳐ᄒᆞ니, 그 궁궐 안 長廣이 十里가 나문지라. 위의 거동이 쳔ᄌᆞ나 다음읍더라.

평국이 여자임이 밝혀지다

이젹의 平國이 전장의 단여온 후로 自然 몸이 곤ᄒᆞ여 病이 침重ᄒᆞ니, 가닉 경동ᄒᆞ여 쥬야 藥으로 치료ᄒᆞ더니, 天子 이 말을 들으시고 딕경ᄒᆞᄉᆞ 명의을 급피 보닉여,

"병셰을 ᄌᆞ셔이 보고 오라. 만일 위즁ᄒᆞ면 짐이 친이 가 보리라."

ᄒᆞ시고, 女의[1]을 명ᄒᆞ여 보닉시니, 어의 황명을 밧ᄌᆞ와 평국이 침소의 와 병셰을 집믹ᄒᆞ니, 병셰 위중치 아이ᄒᆞᆫ지라. 속히 약을 가르쳐 쓰라 ᄒᆞ고 도라와 쳔ᄌᆞ게 아뢰되,

"병셰을 보오니, 위중치 안이ᄒᆞ옵기로 속ᄒᆞᆫ 약을 갈르쳐 쓰라 ᄒᆞ옵고 왓ᄉᆞ오나, 쏘ᄒᆞᆫ 괴이ᄒᆞᆫ 일이 잇셔 슈상ᄒᆞ여이다."

쳔ᄌᆞ 놀나 문曰,

"무숨 연괴 잇나요?"

---

1) 女의: '어의(御醫)'의 오기. 이때는 계월이 남자 평국으로 행세하는 때라 문맥상 '어의'가 옳다. 회동서관본에는 '어의'로 되어 있다.

ᄒᆞ신ᄃᆡ, 어의 복지 쥬曰,

"평국의 ᄆᆡᆨ을 보오니 남ᄌᆞ의 ᄆᆡᆨ이 아이오ᄆᆡ 이상ᄒᆞ여이다."

쳔ᄌᆞ 그 말을 들으시고 曰,

"평국이 女子면 웃지 젼장의 나아가 젹진 十萬 군을 消滅[2]ᄒᆞ고 왓스리요? 평국의 얼골이 桃花色이요, 體身이 잔약ᄒᆞ니, 或 미심ᄒᆞ건이와 아즉 누셜치 말나."

ᄒᆞ시고, 환ᄌᆞ로 ᄒᆞ야금 ᄌᆞ로 문병ᄒᆞ시니라.

이젹의 평국이 병세 ᄎᆞᄎᆞ 나흐니 싱각ᄒᆞ되,

'어의가 나의 ᄆᆡᆨ을 보와스니, 본쇡이 탈로할지라. 이져는 할일웁셔 女服을 開착ᄒᆞ고 閨中의 몸을 감초어 歲月을 보ᄂᆡ미 올타.'

ᄒᆞ고, 즉시 男服을 벗고 女服을 입고 부모 前의 뵈온 후 늑기며 兩협의 쌍누 용츙ᄒᆞ거날, 부모도 눈물을 흘이며 위로ᄒᆞ더라. 桂月이 비감ᄒᆞ여 우는 거동은 秋九月 蓮花꼿시 細雨을 머금은 듯 初生平月[3]이 繡雲의 잠긴 듯ᄒᆞ며 夭夭丁丁[4]ᄒᆞᆫ ᄐᆡ도는 當世 第一이라.

이젹의 桂月이 天子게 상쇼을 올여거날, 上이 보시니 ᄒᆞ여스되,

'翰任學士 兼 大元帥 左承相 青州侯 平國은 돈슈 ᄇᆡᆨᄇᆡ ᄒᆞ웁고 아뢰웁나이다. 臣妾이 未滿 五歲의 張仕郎亂의 부모을 일어숩고 도젹 孟吉이 환을 만나 水中 孤魂이 될 것슬 呂公의 德으로 살어낫ᄉᆞ오니, 일염의 싱각ᄒᆞ은즉 女子의 향식을 ᄒᆞ여셔는 閨中의 늘거 부모의 骸骨을 찻지 못함이 되웁기로 女子의 향실을 바이고[5], 男子의 服色을 ᄒᆞ와 황상을

2) 消滅: '掃滅(소멸)'의 오기. 싹 쓸어서 없앰.
3) 初生平月: '初生片月(초생편월)'의 오기. 초승달. 회동서관본에는 '초생전월'로 되어 있는데, '전월(全月)'은 '보름달'을 뜻하므로, 문맥으로 보아 그 또한 오기다.
4) 夭夭丁丁: '夭夭貞靜(요요정정)'의 오기. 나이가 젊고 용모가 아름다우며 마음이 올바르고 침착함.
5) 바이고: 버리고. 회동서관본에는 '바리고'로 표기되어 있다.

속기ᄋᆞᆸ고 조졍의 들어ᄉᆞ오니, 臣妾의 죄 만ᄉᆞ무젹[6]이ᄋᆞᆸ기로 감소[7] ᄃᆡ죄ᄒᆞ와 유지와 인슈을 올이ᄋᆞᆸ나이다. 긔군망상지죄[8]을 (쓰)ᄉᆞ 속히 쳐참ᄒᆞᄋᆞᆸ쇼셔.'

ᄒᆞ여거날, 쳔ᄌᆞ 글을 보시고 龍床을 치며 曰,

"평국이 뉘가 女子로 보와스리요? 古今의 읍ᄂᆞ 일이노다. 비록 天下廣大ᄒᆞ나 文武겸젼ᄒᆞ여 갈츙보국ᄒᆞ여 츙효 상장지ᄌᆡ[9]는 남ᄌᆞ라도 못ᄒᆞ리로다. 비록 女子나 베슬을 읏지 거두리요?"

ᄒᆞ시고, 황ᄌᆞ을 명ᄒᆞ여 유지와 인슈을 도로 還送ᄒᆞ시고 비답ᄒᆞ여거날, 桂月이 황공 감ᄉᆞᄒᆞ여 바다 보니, ᄒᆞ여스되,

'경의 상쇼을 보니, 놀납고 일번 장ᄒᆞ나 츙효겸젼ᄒᆞ여 반젹을 소멸ᄒᆞ고 ᄉᆞ직 안보ᄒᆞ기난 다 경의 河海 갓튼 덕이을라. 朕이 읏지 女子을 허물ᄒᆞ리요? 유지와 인슈을 도로 보(내)나니, 츄호도 과염치 말고 경은 갈츙보국ᄒᆞ여 짐을 도으라.'

ᄒᆞ여거날, 桂月이 ᄉᆞ양 못ᄒᆞ여 녀복을 입고 그 우의 조복을 입고, 부리던 제장 百餘 名과 군ᄉᆞ 千餘 名을 갑쥬을 갓초와 승상부 문 박긔 진을 치고 잇게 ᄒᆞ니, 그 위의 엄슉ᄒᆞ더라.

---

6) 만ᄉᆞ무젹: '만ᄉᆞ무셕(萬死無惜)'의 오기. 만 번 죽어도 아까울 것이 없음.
7) 감소: 감수(甘受)의 오기. 회동서관본에는 '감수'로 되어 있음.
8) 기군망상지죄(欺君罔上之罪): 임금을 속인 죄.
9) 상장지재(上將之才): 상등급 장수의 재주.

남편을 군례로 다스리다

일일은 쳔ᄌ 위국공을 입시(ᄒ라) ᄒ여 가로ᄉ딕,

“짐이 元帥의 상쇼을 본 후로 ᄉ렴이 만ᄒ지라. 平國이 閨中의 홀노 늘그면 洪무의 혼빅이 의지할 곳시 읍슬 거시니, 읏지 슬푸지 안이ᄒ리요? 쏘ᄒ 평국이 규중의셔 늘그미 불상ᄒ니, 평국의 혼인은 짐이 즁미 되고ᄌ ᄒ니, 뜻시 읏더ᄒ뇨.”

위공이 복지 쥬曰,

“신의 뜻도 그어ᄒ오나 쇼신이 나아가 의논ᄒ오련이와 평국의 빅필을 뉘와 定ᄒ시야 ᄒ나잇가?”

쳔자 曰,

“평국과 同學ᄒ던 보국과 졍코ᄌ ᄒ오니, 경의 마음이 읏더ᄒ요?”

위공이 쥬曰,

“하교 맛당ᄒ여이다. 평국이 죽을 목슘을 여공의 덕으로 살아삽고 친ᄌ식갓치 길너 영화을 누리고 이별ᄒ여던 부모을 만나게 ᄒ고, 쏘ᄒ 보국과 동학ᄒ와 도방급게[1]ᄒ여 폐하 셩덕으로 작녹을 바다 萬里

戰場의 死生 苦樂을 혼가지(로) ᄒᆞ옵고 도라와 ᄒᆞᆫ 집의 거쳐ᄒᆞ오니, 텬경연분인가 ᄒᆞ나이다.”

ᄒᆞ고, 물너나와 계월을 불너 안치고 텬ᄌᆞ 하교ᄒᆞ시던 말솜을 낫낫치 젼ᄒᆞ니, 계월이 엿ᄌᆞ오ᄃᆡ,

“소녀의 마음은 평ᄉᆡᆼ을 홀노 늘거 부모 실하의 잇솝다가 쥭은 후의 다시 남ᄌᆞ 되야 孔孟의 ᄒᆡᆼ실을 ᄇᆡ오고ᄌᆞ ᄒᆞ여솝더니, 근본이 탈노ᄒᆞ와 텬ᄌᆞ 하교 일어ᄒᆞ옵시니, 부모임도 슬하의 다른 ᄌᆞ식이 읍셔 비회을 품고 션연[2] 봉ᄉᆞ을 젼할 곳시 읍셔ᄉᆞ오니, ᄌᆞ식이 되야 부모 命을 읏지 거역ᄒᆞ며 텬ᄌᆞ 하교을 읏지 ᄇᆡ반ᄒᆞ오리가? 하교ᄃᆡ로 보국을 셤겨 여공의 은혜을 만분지일이나 갑ᄉᆞ올가 ᄒᆞ오니, 부친은 이 ᄉᆞ연을 텬ᄌᆞ 젼의 상달ᄒᆞ옵쇼셔.”

ᄒᆞ며, 낙누ᄒᆞ고 남ᄌᆞ 못 되믈 한ᄒᆞ더라.

이ᄯᅢ 위공이 즉시 闕內에 들어가 계월 ᄒᆞ던 말을 쥬달ᄒᆞ니, 텬ᄌᆞ 깃거 즉시 여공을 불너 ᄒᆞ교ᄒᆞᄉᆞ,

“평국과 보국을 부부로 졍코ᄌᆞ ᄒᆞ니, 경의 ᄯᅳᆺ시 읏더ᄒᆞᆫ요?”

여공이 복지 쥬曰,

“폐하의 덕틱으로 賢婦을 결친ᄒᆞ오니, 감ᄉᆞᄒᆞ와 아뢸 말솜 읍나이다.”

ᄒᆞ고, 물너나와 보국을 불너 텬ᄌᆞ 하교을 젼ᄒᆞ니, 보국이 부복 층ᄉᆞᄒᆞ고 부인이며 가ᄂᆡ 상하 다 깃거ᄒᆞ더라.

이ᄯᅢ 텬ᄌᆞ ᄐᆡᄉᆞ관을 불너 ᄐᆡᆨ일할ᄉᆡ 맛춤 三月 望間이라. ᄐᆡᆨ일관ᄌᆞ[3]와 예단할 비단 슈千 匹을 봉ᄒᆞ여 위공의 집으로 ᄉᆞ숑ᄒᆞ니라. 위공이 ᄐᆡᆨ일관ᄌᆞ을 가지고 계월이 침소의 들어가 젼ᄒᆞ니, 桂月이 曰,

1) 도방급게: ‘동방급제(同榜及第)’의 오기.
2) 션연: 선영(先塋).
3) ᄐᆡᆨ일관ᄌᆞ: ‘택일단자(擇日單子)’의 오기. 혼인 날짜를 정해 상대편에게 적어 보내는 쪽지.

"보국이 젼일 즁군으로셔 소녀의 부리던 ᄉᆞ람이라. ᄂᆡ가 그 ᄉᆞ람의 아ᄂᆡ 될 쥴을 알어스리요? 다시 군례 못할가 ᄒᆞ오니, 이제 망종[4] 군례나 ᄎᆞ리고ᄌᆞ ᄒᆞ오니, 이 뜻슬 상달ᄒᆞᄋᆞᆸ쇼셔."

위공이 그 말을 듯고 즉시 쳔ᄌᆞ게 쥬달ᄒᆞ니, 쳔ᄌᆞ 즉시 군ᄉᆞ 五千과 將帥 百餘 원을 갑쥬와 긔치창검을 갓초와 원슈게 보ᄂᆡ니, 계월이 女服을 벗고 갑쥬을 갓초고, 용봉황월과 슈긔을 잡아 힝군ᄒᆞ여 별궁의 좌긔ᄒᆞ고, 군ᄉᆞ로 ᄒᆞ야금 보국의게 傳令ᄒᆞ니, 보국이 젼영을 보고 분함이 측냥읍스나, 젼일 평국의 위풍을 보와ᄂᆞᆫ지라, 군령을 거역지 못ᄒᆞ여 갑쥬을 갓초고 군문의 ᄃᆡ령ᄒᆞ니라.

이젹의 元帥 좌우을 도라보와 曰,

"즁군이 읏지 이다지 거만ᄒᆞᆫ요. 밧비 현신[5]ᄒᆞ라."

號令이 秋霜갓거날 군졸의 ᄃᆡ답쇼ᄅᆡ 長安이 ᄯᅥᆯᄂᆞᆫ지라. 즁군이 그 위엄을 보고 황겁ᄒᆞ여 갑쥬을 ᄭᅳᆯ고 국궁ᄒᆞ여[6] 들어가니, 얼골의 ᄯᆞᆷ이 흘려ᄂᆞᆫ지라. 밧비 나가 장ᄃᆡ 압펴 복지ᄒᆞᆫᄃᆡ, 원슈 졍식ᄒᆞ고 ᄭᅮ지져 曰,

"군볍이 지즁커날 그ᄃᆡ가 즁군이 되야거던 즉시 ᄃᆡ령ᄒᆞ엿다가 영ᄂᆡ임을 기달 것시여날, 장영[7]을 즁이 아이 예기고 틔만ᄒᆞᆫ 마음을 두어 군령을 만홀[8]이 아니[9], 즁군의 죄는 만만 무엄ᄒᆞᆫ지라. 즉시 군볍을 시힝할 것시로되, 십분 짐작ᄒᆞ거니와 그져는 못 두리라."

ᄒᆞ고, 군ᄉᆞ을 호영ᄒᆞ여 '즁군을 ᄲᅡᆯ이 잡아ᄂᆡ라.' ᄒᆞᄂᆞᆫ 소ᄅᆡ 츄상갓튼지라. 무ᄉᆞ 일시의 고함ᄒᆞ고 달여들러 장ᄃᆡ 압펴 ᄭᅮᆯ이니, 즁군이 졍신을 일어다가 게오 진졍ᄒᆞ여 아뢰되,

4) 망종(亡終): 마지막.
5) 현신(現身): 아랫사람이 윗사람에게 예를 갖추어 자신을 보임.
6) 국궁(鞠躬)하여: 윗사람이나 위패 앞에서 존경하는 뜻으로 몸을 굽힘.
7) 장령(將令): 군대를 거느리는 장수의 명령.
8) 만홀(漫忽): 한만하고 소홀함.
9) 아니: 'ᄒᆞ니'의 오기. 회동서관본에는 '하니'로 표기되어 있다.

"소장이 신병이 잇셔 치로ᄒᆞ옵다가 밋쳐 당치 못ᄒᆞ여ᄉᆞ오니, ᄐᆡ만ᄒᆞᆫ 죄는 만ᄉᆞ무셕이오나 병든 몸이 중상을 당ᄒᆞ오면 명을 보젼치 못ᄒᆞ것삽고, 만일 죽ᄉᆞ오며 부모의게 불효막심ᄒᆞ오니, 복원 원슈는 하ᄒᆡ 갓튼 은덕을 ᄂᆡ리ᄉᆞ, 젼日 정곡을 ᄉᆡᆼ각ᄒᆞ와 살여쥬시면, 불효을 면할가 ᄒᆞ나이다."

ᄒᆞ며, 무슈이 ᄋᆡ걸ᄒᆞ니, 元帥 內心의는 우슈나[10] 것치로 호령 曰,

"즁군이 신병이 잇스면 웃지 영춘각의 ᄋᆡ첩 영츈으로 더부러 쥬야 풍유로 질긔ᄂᆞᆫ요 글어나 ᄉᆞ졍이 읍지 못ᄒᆞ여 용셔ᄒᆞ거이와 此後는 글이 말라."

분부ᄒᆞ니, 보국이 ᄇᆡ拜 ᄉᆞ려ᄒᆞ고 물너ᄂᆞᆫ이라.

元帥 일어틋 죵일 질기다가 군ᄉᆞ을 물이치고 本宮으로 도라올ᄉᆡ, 보국이 元帥게 하직ᄒᆞ고 도라와 부모게 辱 뵌 ᄉᆞ연을 낫낫치 고ᄒᆞ니, 呂公이 그 말 듯고 大笑ᄒᆞ여 층찬 曰,

"ᄂᆡ 며나리는 千古의 女中君子로다."

ᄒᆞ고, 보국다려 일러 曰,

"桂月이 너을 욕뵈옴이 다름 아니라, 御命으로 너을 ᄇᆡ필을 정ᄒᆞᄆᆡ 前日 中軍으로 부리던 연고라. 마음의 다시는 못 부릴가 ᄒᆞ여 희롱ᄒᆞ미니, 너는 츄호도 혐의치 말나."

ᄒᆞ더라. 天子 계월이 輔國을 辱 뵈왓단 말을 듯고 大笑ᄒᆞ시니 상ᄉᆞ을 만니ᄒᆞᆫ이라.

이ᄯᆡ 吉日을 當ᄒᆞᄆᆡ 行禮할ᄉᆡ, 桂月이 綠衣紅裳으로 단장ᄒᆞ고 侍婢等이 左右의 부익[11]ᄒᆞ며 나오ᄂᆞᆫ 거동 엄슉ᄒᆞ고 아음다온 ᄐᆡ도와 夭夭丁丁ᄒᆞᆫ 형용은 當歲 第一일너라. ᄯᅩᄒᆞᆫ 장막 박긔 諸將 軍卒이 갑쥬을

---

10) 우슈나: 웃으나.

11) 부익: '부익(扶腋)'의 오기. '부축'과 같은 뜻이다.

갓초고, 긔치금극을 左右의 갈나 셰우고 옹위ᄒᆞ여스니, 위의 엄슉함을 측양치 못할너라. 輔國이 ᄯᅩᄒᆞᆫ 위의을 갓초고 金鞍俊馬 上의 두렷시 안져 鳳비扇[12]으로 ᄎᆡ면ᄒᆞ고 계월이 궁의 들어와 교ᄇᆡᄒᆞᆫ 거동은 션관이 옥황게 반도[13] 진상ᄒᆞ는 거동일너라. 交拜을 파ᄒᆞ고 그날 밤 同枕[14] ᄒᆞ니, 원앙비취지낙이 극진ᄒᆞ더라.

12) 鳳비扇: '鳳尾扇(봉미선)'의 오기. 봉황의 꼬리 모양으로 만들어 의장(儀仗)으로 쓰던 부채.
13) 반도(蟠桃): 삼천 년마다 한 번씩 열매가 열린다는 선경에 있는 복숭아.
14) 同枕: '同寢(동침)'의 오기.

보국의 애첩 영춘을 군법으로 처형하다

이튿날 平明의 두 ᄉᆞ람(이) 위공과 졍녈부인게 뵈온ᄃᆡ, 위공 부부 히낙을 익이지 못ᄒᆞ더라. 또 긔쥬후와 공녈부인게 뵈일ᄉᆡ 긔쥬후 ᄃᆡ희ᄒᆞ여 왈,

"셰상ᄉᆞ을 가히 측양치 못ᄒᆞ리로다. 너 ᄂᆡ 며나리 삼을 쥴을 뜻ᄒᆞ여스리요?"

계월이 다시 졀ᄒᆞ고 曰,

"소부의 쥭을 命을 구ᄒᆞ옵신 은혜와 十三年을 기르시되 근본을 아뢰지 아이ᄒᆞᆫ 죄는 萬死無惜이옵고 또ᄒᆞᆫ 하날이 도으ᄉᆞ 구고로 셤기게 ᄒᆞ옵시니, 이는 妾의 원이로쇼이다."

ᄒᆞ고, 죵일 말숨ᄒᆞ다가 하직ᄒᆞ고 본궁으로 도라올ᄉᆡ, 금뎡을 타고 ᄉᆡ녀로 옹위ᄒᆞ여 中門의 나올ᄉᆡ, 눈을 들어 영츈각을 바라보니, 이妾 영츈이 난간의 거려안져[1] 계월이 힝ᄎᆞ을 구경ᄒᆞ며 몸을 요동치 아니ᄒᆞ

1) 거려안져: 걸터앉아.

거날, 계월이 디로ᄒᆞ여 뎡을 머무르고 무ᄉᆞ을 호령ᄒᆞ여, 영춘을 잡아 니야 뎡 압펴 꿀이고, 호령 曰,

“네 즁군의 셰로 교만ᄒᆞ여 니의 힝ᄎᆞ을 보고 감히 난간의 놉피 거려안져 요동치 안이ᄒᆞ니 네가 즁군의 힘만 밋고 이갓치 교만ᄒᆞ니, 너 갓튼 요망ᄒᆞᆫ 년을 읏지 살여두리요? 군法을 셰우리라.”

ᄒᆞ고, 무ᄉᆞ을 호령ᄒᆞ여

“베히라.”

ᄒᆞ니, 무ᄉᆞ 영을 듯고 달려들어 영춘을 잡아니야 베히니, 군졸과 시비 등이 황겁ᄒᆞ여 바로 보지 못ᄒᆞ더라.

이젹의 보국이 영춘을 쥭여단 말을 듯고, 분함을 익이지 못ᄒᆞ여 부모게 엿ᄌᆞ오디,

“계월이 前日은 디원슈 되야 小子을 즁군으로 부이오미[2] 장막지간[3] 이라, 능멸이 여기지 못ᄒᆞ련이와, 지금은 소ᄌᆞ의 아니오미, 읏지 소ᄌᆞ의 ᄉᆞ랑ᄒᆞᄂᆞᆫ 영춘을 쥭여 심ᄉᆞ을 不平케 ᄒᆞ오릿가?”

ᄒᆞᆫ디, 여공이 이 말을 듯고 말유ᄒᆞ여 왈,

“계월이 비록 녀[4] 안니는 되야스나 베슬을 놋치 아니ᄒᆞ고 의긔 당당ᄒᆞ니, 족히 녀을 불일 ᄉᆞ람이로되 예로써 너을 셤기니, 읏지 심ᄉᆞ을 그르다 ᄒᆞ리요? 영춘은 네 쳡이라, 졔 거만ᄒᆞ다가 쥭여스니[5] 뉘을 한ᄒᆞ며, 쏘한 계월이 그릇 宮奴宮婢을 쥭인다 ᄒᆞ여도 뉘라셔 그르다 칙망ᄒᆞ리요? 너는 조금도 과염치 말고 마음을 변치 말나. 만일 영춘을 쥭여다 ᄒᆞ고 혐의을 두면 부부지의도 변할 것스요, 쏘ᄒᆞᆫ 쳔ᄌᆞ 쥬장ᄒᆞ신 비라, 네게 히로미 잇슬 거스니, 부디 조심ᄒᆞ라.”

---

2) 부이오미: 부리오매.
3) 장막지간(將幕之間): 장수(將帥)와 막하(幕下) 사이.
4) 녀: ‘네’의 오기. 회동서간본에는 ‘네’로 표기되어 있다.
5) 쥭여스니: 문맥으로 보아 ‘쥭어스니’로 해야 한다. 회동서관본에는 ‘쥭엇스니’로 표기되어 있다.

ᄒᆞ신ᄃᆡ, (보국이 엿ᄌᆞ와 왈,
"부친계셔ᄂᆞᆫ 부당지셜을 ᄒᆞ시나이다 셰상에) 장부 되야 계집의게 괄시을 당ᄒᆞ오릿가?"
ᄒᆞ고, 그후부틈는 계월이 방의 드지 아니ᄒᆞ니, 계월이 ᄉᆡᆼ각ᄒᆞ되,
'영츈의 혐의로 아니오는ᄯᅩ다.'
ᄒᆞ고, 曰,
"ᄂᆡ라셔 보국을 남ᄌᆞ라 ᄒᆞ리요? 여자의도 비치 못ᄒᆞ리로다."
ᄒᆞ고, 남ᄌᆞ 못 됨을 분ᄒᆞ여 눈물을 흘이며 셰월을 뵈ᄂᆡ더니,

보국을 조롱하다

각셜 이젹의 남관장이 장계을 올이거날, 쳔ᄌᆞ 급피 ᄀᆡ탁ᄒᆞ시니 ᄒᆞ여스되,

‘吳王과 楚王이 반ᄒᆞ여 지금 皇城을 범코ᄌᆞ ᄒᆞ옵ᄂᆞᆫᄃᆡ, 오왕은 구덕지을 으더 ᄃᆡ원슈을 삼고, 초王은 장ᄆᆡᆼ길을 으더 先鋒을 삼어, 제장 쳔여 원과 군ᄉᆞ 十萬을 거나여, 호쥬 北地 十餘 城을 항복밧고, 荊州刺史 李旺泰을 베히고 짓쳐오ᄆᆡ, 쇼장의 힘으로는 방비할 기리 읍ᄉᆞ와 감달[1]ᄒᆞ오니, 복원 황상은 어진 명장을 보ᄂᆡ옵셔 防賊ᄒᆞ옵쇼셔.’

ᄒᆞ여거날, 보시고 ᄃᆡ경ᄒᆞᄉᆞ 万朝百官[2]으로 의논ᄒᆞᆫᄃᆡ, 右丞相 鄭榮泰 曰,

“이 도젹은 左丞相 平國을 보ᄂᆡ야 막ᄉᆞ올 거시오니, 급피 명초[3]ᄒᆞ옵쇼셔.”

1) 감달(敢達): 감히 (소식을) 전함.
2) 万朝百官: ‘滿朝百官(만조백관)’의 오기.
3) 명초(命招): 임금의 명으로 신하를 부름.

　쳐ᄌᆞ[4] 드르시고 良久의 曰,

"平國이 젼日은 出世ᄒᆞ여기로 불너건이와 지금은 閨中處子라 참아 읏지 명초ᄒᆞ여 젼장의 보ᄂᆡ리요?"

ᄒᆞ신ᄃᆡ, 諸臣 奏曰,

"平國이 지금 규중의 쳐ᄒᆞ오나 일홈이 朝野의 잇삽고 ᄯᅩᄒᆞᆫ 爵祿을 것지 아이ᄒᆞ여ᄉᆞ오니, 읏지 규중을 험의ᄒᆞ오릿가?"

(ᄒᆞ거날). 쳔ᄌᆞ 마지못ᄒᆞ여 급피 平國을 명초ᄒᆞ시니라.

이ᄯᅢ 平國이 규중의 홀노 잇셔 每日 시女을 다이고 장긔와 바독으로 셰월을 보ᄂᆡ더니, ᄉᆞ관이 나와 명초ᄒᆞ시ᄂᆞᆫ 命을 傳ᄒᆞ거날, 평국이 ᄃᆡ경ᄒᆞ여 급피 女服을 벗고 朝服을 입고 ᄉᆞ관을 ᄯᅡ라 탑젼의 복지ᄒᆞᆫᄃᆡ, 쳔ᄌᆞ ᄃᆡ히 曰,

"경이 규중의 쳐ᄒᆞᆫ 휴로는 오ᄅᆡ 보지 못ᄒᆞ여 쥬야 ᄉᆞ모ᄒᆞ더니, 이졔 경을 보ᄆᆡ 깃부기 층양 읍건이와, 朕이 德이 읍셔 지금 吳楚 兩國이 叛ᄒᆞ여 胡州 北地을 쳐 항복 밧고 南關을 헤쳐 皇城을 범코ᄌᆞ ᄒᆞᆫ다 ᄒᆞ니, 경은 ᄌᆞ당 쳐ᄉᆞ[5]ᄒᆞ여 ᄉᆞ직을 안보케 ᄒᆞ라."

ᄒᆞ신ᄃᆡ, 平國이 부복 奏曰,

"신妾이 외람ᄒᆞ와 폐하을 속이옵고 功侯爵祿[6]이 놉파 영화로 지ᄂᆡ옵기 惶恐ᄒᆞ온ᄃᆡ, 罪을 ᄉᆞᄒᆞ옵시고 이ᄃᆡ도록 ᄉᆞ랑ᄒᆞ옵시니, 臣妾이 비록 우미ᄒᆞ오나 힘을 다ᄒᆞ여 聖恩을 만분지일이나 갑고ᄌᆞ ᄒᆞ오니, 폐하는 근심치 마옵쇼셔."

ᄒᆞᆫᄃᆡ, 쳔ᄌᆞ ᄃᆡ희ᄒᆞᄉᆞ 즉시 千兵萬馬을 조발ᄒᆞ여 三南原[7]의 陣을 치고, 元帥 친이 붓슬 잡어 보국의계 傳命ᄒᆞ되,

4) 쳐ᄌᆞ: '천자(天子)'의 오기.
5) 처사(處事): 일을 처리함. 회동서관본에는 '츌사(出仕)'로 표기되어 있다.
6) 功侯爵祿: '公侯爵祿(공후작록)'의 오기.
7) 三南原: 회동서관본에는 '상림원'으로 표기되어 있다.

'젹兵이 급ᄒᆞ미 즁군은 급피 ᄃᆡ슈ᄒᆞ여 군영을 어기지 말나.'
ᄒᆞ여거날, 보국이 傳令을 보고 분함을 익이지 못허여 부모계 엿자오ᄃᆡ,

"桂月이 또 小子을 즁군으로 부이야 ᄒᆞ오니, 일언 일(이) 어ᄃᆡ 잇ᄉᆞ오릿가?"

여공이 曰,

"젼日의 너더려 무엇시라 일으던야? 계월이을 괄셰ᄒᆞ다 일언 일을 當ᄒᆞ니, 웃지 그르다 ᄒᆞ리요? 國事之重ᄒᆞ니 무가ᄂᆡ히라."
ᄒᆞ고, 밧비 가물 ᄌᆡ촉ᄒᆞ니, 보국이 할일읍셔 갑쥬을 갓초고 陣中의 나아가 元帥 압펴 복지ᄒᆞ니, 원슈 분부 曰,

"만일 령을 거역ᄒᆞ는 ᄌᆡ면 軍法을 시힝ᄒᆞ리라."
ᄒᆞ니, 보국이 황겁ᄒᆞ여 즁군 처소로 도라와 영 ᄂᆡ리기을 기다리ᄂᆞᆫ지라. 元帥 諸將의 所任을 각각 定ᄒᆞ고, 秋九月 甲子日의 行軍ᄒᆞ여 十一月 初一日의 南關의 당도ᄒᆞ여 三日 留陣ᄒᆞ고, 즉시 써나 五日의 쳔촉山을 지나 榮景樓의 다다르니, 젹兵이 平原 廣野의 陣을 쳐ᄂᆞᆫᄃᆡ 긋기가 쳘통갓튼지라. 元帥 젹진을 ᄃᆡᄒᆞ여 陣을 치고 下令 曰,

"장令을 어기ᄂᆞᆫ ᄌᆞ면 셰워두고 버히리라."

호령이 츄상갓거날, 諸將 軍卒이 황겁ᄒᆞ여 아모리 할 쥴 모로고, 보국이 또 조심이 무궁ᄒᆞ더라.

이튼날 元帥 中軍의계 분부ᄒᆞ되,

"今일은 中軍이 나가 ᄊᆞ호라."
ᄒᆞ니, 中軍이 청영ᄒᆞ고 말게 올나 三尺長劍을 들고 젹진을 가르쳐 웨여 曰,

"나는 明國 中軍大將 보국이라. 大元帥의 命을 바다 너희 머리을 베히라 ᄒᆞ니, 너희는 밧비 나와 칼을 바드라."
ᄒᆞ니, 젹장 운平이 이 쇼ᄅᆡ 듯고 ᄃᆡ로ᄒᆞ여 말을 모라 ᄊᆞ호더니, 三合이 못ᄒᆞ여 보국의 칼이 빗나며 雲平의 머리 마하의 써러지니, 賊將 雲

景이 雲平이 죽음을 보고 ᄃᆡ분ᄒᆞ여 말을 모라 달려들거날, 보국이 勝氣 등등ᄒᆞ여 창금을 놉피 들고 셔로 ᄊᆞ호더니, 슈합이 못ᄒᆞ여 보국이 칼을 날여 운평[8]의 칼 든 팔을 치니, 운경이 밋쳐 손을 놀이지 못ᄒᆞ고 칼 든 ᄎᆡ 馬下의 ᄂᆡ여지ᄂᆞᆫ지라.

보국이 우경[9]의 머리을 베혀 들고 本陣으로 도라오더니, 賊將 九德至 ᄃᆡ로ᄒᆞ여 長劍을 놉피 들고 말을 모라 크게 고함ᄒᆞ고 달여들ᄉᆡ 난ᄃᆡ 읍ᄂᆞᆫ 賊兵이 또 四方으로 달여들거날, 보국이 황겁ᄒᆞ여 펴ᄒᆞ고ᄌᆞ[10] ᄒᆞ더니, 경각의 젹장이 함셩을 지르고 보국을 千餘 겹의 예워ᄊᆞ는지라.

事勢 위급ᄒᆞ미 보국이 앙쳔 탄식ᄒᆞ더니, 이ᄯᆡ 元帥 帳ᄃᆡ[11]의셔 북을 치다가 보국의 위급함을 보고 급피 말을 모라, 장검을 놉피 들고 좌츙우돌ᄒᆞ여 젹진을 헤치고 구덕지 머리을 베혀 들고, 보국을 구ᄒᆞ여 몸을 날여 젹진을 츙돌할ᄉᆡ, 東의 번뜻 西將을 베히고 南으로 가난듯 북장을 베히고, 좌우츙돌ᄒᆞ여 賊將 五十餘 員果[12] 군ᄉᆞ 千餘 名을 한칼로 消滅[13]ᄒᆞ고 本陣으로 도라올ᄉᆡ, 보국이 원슈 보기을 붓ᄭᅳ러ᄒᆞ거날, 원슈 보국을 ᄭᅮ지져 왈,

"져려ᄒᆞ고 平日의 男(자)라 층ᄒᆞ리요? 나을 읍슈이여기더니 인졔도 그리할가?"

ᄒᆞ여, 무슈이 조롱ᄒᆞ더라.

---

8) 운평: '운경'의 오기.
9) 우경: '운경'의 오기.
10) 펴ᄒᆞ고ᄌᆞ: 피하고자.
11) 帳ᄃᆡ: '將臺(장대)'의 오기.
12) 員果: 員과. '果'는 '과'의 이두식 표기다.
13) 消滅: '掃滅(소멸)'의 오기.

위기에 빠진 천자

이젹의 元帥 장딕의 좌기ᄒᆞ고 구덕지 머리을 함의 봉ᄒᆞ여 皇城으로 보닉이라. 이의젹[1] 吳楚 양국[2]이 相議 曰,

“평국의 용밍을 보니, 옛날 趙子龍이라도 당치 못할지니, 읏지 딕젹ᄒᆞ며 名將 九德至을 죽여스니, 이졔 뉠로 더부러 大事을 도모ᄒᆞ리요? 이졔는 우리 양국이 평국이 손의 망ᄒᆞ리로다.”

ᄒᆞ며, 落淚ᄒᆞ거날, 孟吉이 엿ᄌᆞ오딕,

“딕왕은 염여치 마옵쇼셔. 소장이 ᄒᆞᆫ 뫼칙이 잇ᄉᆞ오니, 평국이 아모리 영웅이라도 이 계교는 아지 못할 거시오. 쏘ᄒᆞᆫ 쳔ᄌᆞ을 ᄉᆞ로잡을 거시니 근심 마옵쇼셔. 지금 皇城의 侍臣만 잇슬 거시니, 평국을 모로게 군ᄉᆞ을 거나려 吳楚동을 너머 양ᄌᆞ강을 지닉려 황셩을 엄살ᄒᆞ면, 쳔ᄌᆞ 필연 황셩을 바리고 도망ᄒᆞ여 살기를 바라고 황셔[3]을 올일 거시

1) 이의젹: ‘이젹의’의 오기. 이때. 회동서관본에는 ‘이젹에’로 되어 있음.
2) 양국: ‘兩王(양왕)’으로 해야 함. 회동서관본에는 ‘양왕’으로 표기되어 있음.
3) 항서(降書): 항복 문서.

니, 그리ᄒᆞᄉᆞ이다.”
ᄒᆞ고, 즉시 관평을 불너 曰,
“그ᄃᆡ는 本陣을 직키고 平國이 아모리 ᄊᆞ호ᄌᆞ ᄒᆞ여도 나가지 말고, 나 도라오기를 기다리라.”
ᄒᆞ고, 이날 밤 三更의 졔장 ᄇᆡ여 원과 군ᄉᆞ 일쳔 명을 거나이고 황셩으로 간이라.
이젹의 天子 구덕지 머리을 바다보시고 ᄃᆡ희ᄒᆞᄉᆞ, 諸臣을 모와 평국의 부부을 층찬ᄒᆞ시고 泰平으로 지ᄂᆡ시더니, 이ᄯᅢ 吳楚洞 守將 장계을 올여스되,
‘양ᄌᆞ강 廣野 沙場의 千兵萬馬 들려오며 황셩을 범코ᄌᆞ ᄒᆞ나이다.’
ᄒᆞ여거날, 쳔ᄌᆞ ᄃᆡ경ᄒᆞᄉᆞ 만죠을 모와 의논ᄒᆞ시더니, 젹장 밍길이 東門을 ᄭᆡ치고 들어오며 ᄇᆡ셩을 무슈이 죽이고, ᄃᆡ궐의 불을 길너 火光이 츙쳔ᄒᆞ며 長安 萬民이 물ᄭᅳᆯ틋 ᄒᆞ며 도망ᄒᆞᄂᆞᆫ지라. 天子 大驚ᄒᆞᄉᆞ 龍床을 두다리며 氣絶ᄒᆞ시거날, 우승상 天喜 쳔ᄌᆞ을 등의 업고 北門을 열고 도망ᄒᆞ니, 侍臣 百餘 名이 ᄯᆞᆯ아 天泰嶺을 너머 갈ᄉᆡ, 젹장 밍길이 쳔ᄌᆞ 도망함을 보고 크계 웨여 曰,
“明皇은 닷지 말고 황복ᄒᆞ라.”
ᄒᆞ며, ᄶᅩᆺ거날, 시신도 넉슬 일코 죽기로ᄡᅥ 닷더니, 압펴 大江이 막켜거날, 天子 仰天 嘆曰,
“인졔는 죽을이로다. 압펴는 大江이요, 뒤의는 젹병이 급ᄒᆞ니, 이 일을 읏지ᄒᆞ리요?”
ᄒᆞ시며, ᄌᆞ결코ᄌᆞ ᄒᆞ시더니, 밍길이 발셔 달여들어 창으로 쳔ᄌᆞ을 져우며[4],
“죽기을 악기거든 황셔을 밧비 올이라.”

4) 져우며: 겨누며.

ᄒᆞ니, 시신 등이 ᄋᆡ걸 曰,

"紙筆이 읍스니 城中의 들어가 황셔을 쓸 거시니, 장군은 우리 皇上을 살여쥬쇼셔."

ᄒᆞ니, ᄆᆡᆼ길이 눈을 부읍쓰고 ᄭᅮ지져 曰,

"네 王이 목숨을 악기거든 손가락을 ᄭᆡ물고 옷ᄌᆞ락을 써여 황셔을 써 올이라."

ᄒᆞ니, 쳔ᄌᆞ 혼비ᄇᆡᆨ산ᄒᆞ여 용포 소ᄆᆡ을 쩨여 손가락을 입의 물고 仰天痛哭 曰,

"四百年 社稷이 ᄂᆡ게 와 망할 쥴을 웃지 알어시이요?"

ᄒᆞ시며, 大聲痛哭ᄒᆞ시니, 白日 無光ᄒᆞ더라.

또 한 번의 활약

이ᄯᆡ 元帥 진즁의 잇셔 젹진 파할 모칙을 ᄉᆡᆼ각ᄒᆞ더니, 自然 마음이 산란ᄒᆞ여 장막 박긔 나가 天氣을 살펴보니, 紫末星[1]이 신지[2]을 ᄯᅥ나고 모든 별이 살긔 등등ᄒᆞ여 한슈[3]의 빗쳐거날, 원슈 ᄃᆡ경ᄒᆞ여 즁군장을 불너 왈,

"ᄂᆡ 天긔을 보니, 쳔ᄌᆞ 위ᄐᆡᄒᆞ미 경각의 잇ᄂᆞᆫ지라. ᄂᆡ 필마로 가랴ᄒᆞ니, 장군은 졔장 군졸을 거나려 진문을 구지 닷고 나 도라오기을 기다리라."

ᄒᆞ고, 필마단검으로 황셩을 향ᄒᆞ여 갈ᄉᆡ, 동방이 발거오(거)날 바라보니, 日夜間의 皇城의 다달나ᄂᆞᆫ지라. 셩안의 들어가보니, 장안이 비엿고

1) 紫末星: '紫微星(자미성)'의 오기. 큰곰자리 부근에 있는 자미원의 별 이름. 중국에서 황제에 비유된다.
2) 신지(信地): 목적지. 정해진 구역.
3) 한슈: 한수(漢水). 강 이름인 듯. 회동서관본에는 'ᄒᆞ슈'로 표기되어 있다. '하수(河水)'는 '강물'을 뜻한다.

궁궐이 쇼화ᄒᆞ여 뷔인 터만 나마거날, 원슈 통곡ᄒᆞ며 두로 단이되 ᄒᆞᆫ ᄉᆞ람도 읍ᄂᆞᆫ지라. 쳔ᄌᆞ 가신 곳슬 아지 못ᄒᆞ고 망극ᄒᆞ여 ᄒᆞ더니, 문득 슈최궁기로셔[4] ᄒᆞᆫ 노인이 나오다가 원슈을 보고 ᄃᆡ경ᄒᆞ여 급피 들어 가거날, 원슈 밧비 쏫ᄎᆞ가며,

"나는 도젹이 안이라 ᄃᆡ국 ᄃᆡ원슈 평국이니, 놀나지 말고 나와 쳔ᄌᆞ의 去處을 일으라."

ᄒᆞ니, 노인이 그졔야 도로 긔여나와 ᄃᆡ셩통곡ᄒᆞ거날, 원슈 ᄌᆞ셔이 보니, 이ᄂᆞᆫ 긔쥬후 呂公이라. 급피 말계 ᄂᆡ려 복지 통곡 曰,

"시부임은 무삼 연고로 이 슈최궁긔예 몸을 감초고 잇ᄉᆞ오며, 소부의 부모와 시모임은 어ᄃᆡ로 피난ᄒᆞ여난지 아르시나잇가?"

呂公이 원슈의 옷슬 붓들고 울며 왈,

"의외의 도젹이 들어와 ᄃᆡ궐의 불을 지르고 노략ᄒᆞ기로 장안 만민이 도망ᄒᆞ여 가ᄆᆡ, 나는 갈 길을 몰나 이 궁긔예 들어와 피란ᄒᆞ여스니, 婚長任 양위[5]와 녜 시모 간 곳슬 아지 못ᄒᆞ노라."

ᄒᆞ고, 통곡ᄒᆞ거날, 원슈 위로 曰,

"셜마 만나 뵈올 날이 읍ᄉᆞ오릿가?"

ᄒᆞ고, 쏘 문曰,

"황상은 어ᄃᆡ 가 계신잇가?"

답曰,

"여긔셔 슘어 보니, ᄒᆞᆫ 신하가 쳔ᄌᆞ을 업고 北門으로 도망ᄒᆞ여 千泰嶺을 너머가더니, 그 뒤의 도젹이 ᄶᅡ라갓스니, 필연 위급할지라."

ᄒᆞ거날, 원슈 ᄃᆡ경ᄒᆞ여 왈,

"쳔ᄌᆞ을 구할여 가오니, 소부 도라오기을 기다리쇼셔."

4) 슈최궁기로셔: 수챗구멍에서.

5) 혼장임(婚長任) 양위: 문맥으로 보아 '사돈댁 부부'. 홍계월의 부모인 홍무와 부인 양씨를 가리킨다.

ᄒᆞ고, 말게 올나 천틔영을 너머 갈ᄉᆡ, 슌식간의 한슈 북편의 다달나 보니, 十里 沙場의 賊兵이 가득ᄒᆞ고 '황복[6]ᄒᆞ라.' ᄒᆞᄂᆞᆫ 쇼ᄅᆡ 山川이 진동ᄒᆞ거날, 원슈 이 말을 듯고 투고을 곳쳐 쓰고, 우뢰갓치 소ᄅᆡᄒᆞ며 말을 ᄎᆡ쳐 달려들어 ᄃᆡ호 曰,

"젹장은 ᄂᆡ의 황상을 ᄒᆡ치 말나. 平國이 예 왓로라."

ᄒᆞ니, 밍길이 황겁ᄒᆞ여 말을 돌려 도망ᄒᆞ거날, 원슈 대호 曰,

"네가 가면 어ᄃᆡ로 가리요? 닷지 말고 ᄂᆡ 칼을 바드라."

쳘통갓치 달여갈ᄉᆡ, 원슈의 준총마 朱紅 갓튼 입을 버리고 슌식간의 밍길이 말꼴이을 물고 느려지거날, 밍길이 ᄃᆡ경ᄒᆞ여 몸을 두루여 장창을 놉피 들고 원슈계 범코ᄌᆞ ᄒᆞ거날, 원슈 ᄃᆡ로ᄒᆞ여 칼을 들어 밍길을 치니, 두 팔이 ᄂᆡ려지난지라. 또 좌츙우돌ᄒᆞ여 젹졸을 모도 진멸ᄒᆞ니, 피 흘너 成川ᄒᆞ고 죽엄이 邱山갓더라.

이ᄯᆡ 쳔ᄌᆞ와 졔신이 넉슬 일코 아모란 쥴을 모로고 쳔ᄌᆞ는 손가락을 ᄭᆡ물야 ᄒᆞ거날, 원슈 급피 말계 ᄂᆡ려 복지 통곡ᄒᆞ여 엿ᄌᆞ 왈,

"폐하은 옥쳬을 안보ᄒᆞ옵쇼셔. 평국이 왓나이다."

쳔ᄌᆞ 혼미 즁의 평국이란 말을 듯고 일변 반기며, 일변 비감ᄒᆞᄉᆞ 원슈 손을 잡고 눈물을 흘이시며 말을 못ᄒᆞ시거날, 원슈 옥체을 보호ᄒᆞ니, 이윽고 졍신을 진정ᄒᆞ여 원슈게 치ᄉᆞ 왈,

"朕이 방장 고혼이 될 거슬 원슈의 덕으로 ᄉᆞ직을 안보케 되야스니, 원슈의 은혜을 무엇스로 갑푸리요?"

ᄒᆞ시며,

"元帥는 萬里 번방의셔 읏지 알고와 朕을 구ᄒᆞ여난뇨?"

元帥 부복 쥬曰,

"天氣을 보옵고 군ᄉᆞ을 中軍의게 부탁ᄒᆞ옵고, 즉시 皇城의 득달ᄒᆞ온

---

6) 황복: 항복.

즉 長安이 뷔엿ᄉᆞ오며 폐하의 거쳐을 모로옵고 쥬져ᄒᆞ옵더니, 시부 呂公이 슈ᄎᆡ궁긔로 나오거날, 뭇잡고 급피 와……"

젹장 밍길을 ᄉᆞ로잡은 말삼을 ᄃᆡ강 아뢰고 나와, 젹진 餘卒을 낫낫치 결박ᄒᆞ여 압셰우고 皇城으로 向할ᄉᆡ, 元帥의 말은 쳔ᄌᆞ을 모시고, 밍길이 탓쎤 말은 원슈가 타고, ᄒᆡᆼ군 북을 밍길이 등의 지우고 시신으로 북을 울이며 還宮ᄒᆞ실ᄉᆡ, 天子 馬上의셔 龍袍 소ᄆᆡ을 드러 츔추며 질거ᄒᆞ시니, 졔신과 원슈도 일시의 팔을 드러 춤츄며 질겨 天泰嶺을 너머오니, 장안이 소됴[7]ᄒᆞ고 ᄃᆡ궐이 터만 남머스니, 웃지 한심치 아니ᄒᆞ리요?

쳔ᄌᆞ 좌우를 도라보와 曰,

"짐이 덕이 읍셔 無罪ᄒᆞᆫ 百姓과 皇后 皇太子가 火中 고혼이 되야스니, 何面目으로 쳔위를 차지ᄒᆞ리요?"

ᄒᆞ시고, 통곡ᄒᆞ시니, 원슈 엿ᄌᆞ오ᄃᆡ,

"폐하는 너무 념너치 마옵쇼셔. 하날이 셩상을 ᄂᆡ실ᄉᆡ 져 무도ᄒᆞᆫ 도젹으로 ᄒᆞ야금 익을 당ᄒᆞ게 함이요, 둘ᄌᆡ는 쇼신을 ᄂᆡ야 환을 평졍ᄒᆞ게 함이오니, 하날이 정ᄒᆞ신 ᄇᆡ라 웃지 쳔슈을 면ᄒᆞ오릿가? 슬품을 참으시고 쳔위을 정ᄒᆞ신 後의 皇后와 皇太子 去處을 탐지ᄒᆞᄉᆞ이다."

ᄒᆞ니, 쳔ᄌᆞ 曰,

"ᄃᆡ궐이 뷘 터만 나마스니, 어ᄃᆡ 가 안졍ᄒᆞ리요?"

ᄒᆞ시더니, 이ᄯᅢ 여공이 수ᄎᆡ궁긔로 나와 쳔ᄌᆞ게 복지 통곡 왈,

"쇼신이 살기만 도모ᄒᆞ여 폐하을 모시지 못ᄒᆞ여ᄉᆞ오니, 쇼신을 속히 처참ᄒᆞ와 後人을 증게ᄒᆞ옵쇼셔."

쳔자 曰,

"朕이 경으로 ᄒᆞ야금 변을 당함이 아니라 웃지 경의 죄라 ᄒᆞ리요?

7) 소조(蕭條): 고요하고 쓸쓸함.

추호도 과렴치 말나."

呂公이 쏘 아뢰되,

"폐하 아직 안정ᄒᆞ실 곳이 읍ᄉᆞ오니, 원슈 잇던 집으로 가ᄉᆞ이다."

텬ᄌᆞ 즉시 종남山下로 와 보시니, 외로온 집만 남어난지라. 위국공이 잇던 황화졍[8]의 어좌을 졍ᄒᆞ시니라.

이튼날 平明의 元帥 아뢰되,

"도젹 베힐 무ᄉᆞ 읍ᄉᆞ오니, 쇼신이 나가 베히야 ᄒᆞ오니, 폐하는 보시옵쇼셔."

ᄒᆞ고, 도젹을 ᄎᆞ려로 안치고 원슈 三尺劍을 들어 젹졸을 다 베힌 후의 칼을 빗겨 들고 텬ᄌᆞ게 쥬曰,

"져 도젹은 쇼신의 원슈라, 罪目을 問目커든 보옵쇼셔."

ᄒᆞ고, 원슈 놉피 좌긔ᄒᆞ고 밍길을 각가이 쓸이고 딕질 曰,

"네가 초씨의셔 산다 ᄒᆞ니, 그 지명을 ᄌᆞ서이 일오라."

밍길리 아뢰되,

"쇼인 ᄉᆞ옵기난 瀟湘江 近處의 잇나이다."

원슈 曰,

"네 슈젹이 되야 江上으로 단이며 흡이젼물[9] 탈취ᄒᆞ여 먹어난야?"

밍길이 쥬왈,

"흉년을 당ᄒᆞ여 긔갈을 견ᄃᆡ지 못ᄒᆞ여 젹당을 다리고 水賊이 되야 살히ᄒᆞ여나이다."

원슈 쏘 문왈,

8) 황화졍: 회동서관본에는 '황화젼'으로 되어 있다.
9) 흡이젼물: 미상. 회동서관본에는 '흥리 샹션을'로 되어 있다. 흥리(興利)는 '재물을 불려 이익을 늘림'을 뜻하고, 상선(商船)은 '삯을 받고 사람이나 짐을 나르는 데 쓰는 배'를 뜻한다. '흥리 상선'은 '장삿배'를 의미한다.

"아모 년분[10]의 엄ᄌᆞ릉 조ᄃᆡ의셔 홍시랑 부인을 비단으로 동여ᄆᆡ고 그 품의 아른[11] 幼兒을 ᄌᆞ리의 ᄡᆞ셔 강물의 너흔 일이 잇난야? 바로 아뢰라."

밍길이 그 말을 듯고 ᄭᅮᆯ려 안지며 曰,

"이제는 죽게 되야ᄉᆞ오니 읏지 긔망ᄒᆞ오리가? 과연 글어ᄒᆞ여나이다."

원슈 ᄃᆡ질 曰,

"나는 그ᄯᆡ ᄌᆞ리의 ᄊᆞ 물의 녀흔 계월이로다."

ᄒᆞ니, 밍길이 그말 듯고 ᄃᆡ경ᄒᆞ여 졍신이 아득ᄒᆞᆫ지라.

원슈 친이 ᄂᆡ려 밍길이 상토을 잡고 목아지을 동여 ᄇᆡ나무의 ᄆᆡ야 달고,

"너갓튼 놈은 졈졈이 ᄲᅡᆨ가 쥭이리라."

ᄒᆞ고, 칼을 들어 졈졈이 외려 노코 ᄇᆡ을 갈나 간을 ᄂᆡ야 하날게 포빅[12] ᄒᆞ고, 쳔ᄌᆞ게 아뢰되,

"폐하의 녈부신 덕틱으로 平生 所願을 다 풀어ᄉᆞ오니, 이졔 죽어도 한이 읍나이다."

쳔자 층찬 曰,

"이난 경의 충효을 하날이 감동ᄒᆞ시미라."

ᄒᆞ고, 질거ᄒᆞ시더라.

이ᄯᆡ 天子 보국의 消息을 몰나 염여ᄒᆞ시거날, 원슈 쥬曰,

"신이 보국을 다려오리다."

ᄒᆞ고, 이날 ᄯᅥ나야 ᄒᆞ더니, 문득 즁군이 장계을 올려거날 ᄒᆞ여스되,

'원슈 평국이 황셩 구ᄒᆞ려 간 ᄉᆡ이의 쇼신이 ᄒᆞᆫ번 북쳐 오초 양국

10) 년분(年分): 일 년 중 어떤 때.
11) 아른: 안은.
12) 표백(表白): 생각이나 태도 따위를 드러내어 밝힘.

을 황복 바다나이다.'

ᄒᆞ여거날, 쳔ᄌᆞ 원슈을 보고 曰,

"인졔는 오초 양국을 ᄉᆞ로잡앗다 ᄒᆞ니, 일언 긔별을 듯고 웃지 안져셔 마즈리요?"

ᄒᆞ시고, 쳔ᄌᆞ 졔신을 거나리시고 거동ᄒᆞᄉᆞ, 평국은 션봉이 되고, 쳔자는 스ᄉᆞ로 즁군이 되야, 좌우의 옹위ᄒᆞ여 보국의 진으로 갈ᄉᆡ, 션봉장 평국이 갑쥬을 갓초고 빅쵸말을 타고 슈긔을 잡아 압피 나가니라.

아내의 장난

이젹의 보국이 오초 양王을 잡아 압셰우고 황셩으로 향ᄒᆞ여 올ᄉᆡ 바라보니, ᄒᆞᆫ 장슈 ᄉᆞ장의 들어오거날 살펴보니, 슈긔와 칼 빗츤 원슈의 칼과 슈긔로ᄃᆡ 말은 쥰총마가 안이요 ᄇᆡᆨ쵸마여날, 보국이 의심ᄒᆞ여 일변 진을 치며 ᄉᆡᆼ각ᄒᆞ되,

'젹장 ᄆᆡᆼ길이 복병ᄒᆞ고 원슈의 모양을 본바다 나을 유인함이라.'

ᄒᆞ고, 크게 의심ᄒᆞ거날, 쳔ᄌᆞ 그 거동을 보시고 평국을 불러 曰,

"보국이 원슈을 보고 젹장만 여겨 의심ᄒᆞ난 듯ᄒᆞ니, 원슈는 젹장인 쳬ᄒᆞ고 즁군 쇠겨 오날 ᄌᆡ죠을 시함ᄒᆞ여 짐을 뵈이라."

ᄒᆞ시니, 원슈 쥬曰,

"폐하 하교 신의 뜻과 갓ᄉᆞ오니, 그리ᄒᆞᄉᆞ이다."

ᄒᆞ고, 갑옷 우의 거문 군복을 입고 ᄉᆞ장의 나셔며, 슈긔을 놉피 들고 보국의 진으로 항ᄒᆞ니, 보국이 젹장인 쥴 알고 달여들거날, 평국이 곽도ᄉᆞ의게 뵈운 슐법을 베푸니, 경각의 大風이 일어나며 흑운 안ᄀᆡ ᄌᆞ옥ᄒᆞ여 咫尺을 분번치 못할너라. 보국이 아모리 할 쥴 몰나 황겁ᄒᆞ여

ᄒᆞ더라.

平國이 고함ᄒᆞ고 달여들어 보국의 창검을 아셔 숀의 들고, 산멱[1]을 잡어 공즁(에) 들고 텬ᄌᆞ 계신 곳스로 갈ᄉᆡ, 이ᄯᅢ 보국이 평국의 숀의 달여오며 쇼ᄅᆡ을 크게 ᄒᆞ여 원슈을 불너 왈,

"평국은 어ᄃᆡ 가셔 보국이 쥭는 쥴을 모(로)난고?"

ᄒᆞ며, 우는 쇼ᄅᆡ 진즁의 요란ᄒᆞᆫ지라. 원슈 이 말 듯고 우슈며 曰,

"네 읏지 평국의게 달여오며, 평국을 무삼 일로 부르난요?"

ᄒᆞ며, 박장ᄃᆡ쇼ᄒᆞ니, 보국이 그 말 듯고 졍신을 ᄎᆞ려보니 과연 평국이 여날, 슬품은 간 ᄃᆡ 읍고 도로여 부ᄭᅳ러워 눈물을 거두더라.

텬ᄌᆞ ᄃᆡ소ᄒᆞ시고 보국의 숀을 잡으시고 위로 曰,

"즁군은 원슈의게 욕봄을 츄호도 과염치 말라. 원슈 ᄌᆞ의로 함이 아니라, 짐이 경등의 ᄌᆡ조을 보야 ᄒᆞ고 시긴 ᄇᆡ라. 지금은 전장으로 ᄒᆞ야금 욕을 보와스나, 平定 後 도라가면 예로ᄡᅥ 즁군을 셤길 거시니 불상ᄒᆞᆫ지라[2]."

ᄒᆞ시고, 그 ᄌᆡ죠을 무슈 층찬ᄒᆞ시고 보국을 위로ᄒᆞ시니, 보국이 그졔야 웃고 엿ᄌᆞ 曰,

"폐하 하교 지당ᄒᆞ여이다."

ᄒᆞ고 힝군ᄒᆞ여 황셩으로 향할ᄉᆡ, 오초 양王(의) 등의 힝군 북을 지우고 무ᄉᆞ로 ᄒᆞ여금 울이며, 平原 廣野의 덥펴 별ᄉᆞ곡을 지나 皇城의 다달나 종남산하의 들어가, 텬ᄌᆞ 힝화졍[3]의 젼좌ᄒᆞ시고, 무ᄉᆞ을 명ᄒᆞ여 오초 양王을 결박ᄒᆞ여 계하의 꿀이고 ᄭᅮ지져 왈,

"너의 반심을 두어 황셩을 침범ᄒᆞ다가 天道 無心치 안이ᄒᆞᄉᆞ 너희을 잡으왓스니, 너희을 다 죽여 일國의 빗ᄂᆡ리라."

---

1) 산멱: 산멱통. 살아 있는 동물의 목구멍. 멱통.
2) 불상흔지라: 회동서관본에는 '부부의 의를 상치 말나'로 되어 있다. 회동서관본이 문맥에 맞다.
3) 힝화졍: 황화정. 회동서관본에는 모두 '황화젼'으로 표기되어 있다.

ᄒᆞ고, 즉시 무ᄉᆞ을 명ᄒᆞ여 문 박게 ᄂᆡ야 회시[4]ᄒᆞ고 쳐참ᄒᆞᆫ니라.

天子 인ᄒᆞ여 皇后와 太子을 위ᄒᆞ여 제문 지여 졔ᄒᆞ시고 군ᄉᆞ을 호군[5]ᄒᆞᆫ 후, 제장을 ᄎᆞ례로 공을 쓰이고 ᄉᆡ로 國號을 곳쳐 卽位ᄒᆞ시고, 죠셔을 ᄂᆞ려 만과[6]을 보야 됴경(의) 위(를) 정ᄒᆞ시고, 보국으로 左丞相을 封ᄒᆞ시고, 평국으로 大司馬 大都督 위王 직쳡을 쥬시고 못ᄂᆡ 깃거ᄒᆞ시더라.

平國이 쥬曰,

"신쳡이 외남ᄒᆞ와 폐하의 널부신 덕틱으로 봉작을 입ᄉᆞᆸ고 天下을 平定ᄒᆞ여ᄉᆞ오니, 이난 다 폐하의 河海 갓튼 덕이옵고, 웃지 신쳡의 공이라 ᄒᆞ오릿가? ᄒᆞ물며 친부모와 시부모[7]을 일(헛)ᄉᆞ오니, 臣妾 팔ᄌᆞ 긔박[8]ᄒᆞ와 일어ᄒᆞ오니, 이졔는 女子의 도리을 ᄎᆞ려 부모 양위[9]을 직키옵고ᄌᆞ ᄒᆞᆸ나이다."
ᄒᆞ고, 병부 열둘과 大원슈의 인슈와 슈긔을 밧치며 쳬읍ᄒᆞ거날, 쳔ᄌᆞ 비감ᄒᆞ며 曰,

"이ᄂᆞᆫ 다 朕의 박덕ᄒᆞᆫ 탓시오ᄆᆡ 경을 보기 부ᄭᅳ렵도다. 글어나 위공 부부며 공열부인이 어ᄂᆡ 곳의 펴ᄂᆞᆫ[10]ᄒᆞ여난지 쇼식이 잇슬거시니, 경은 안심ᄒᆞ라."
ᄒᆞ시고, ᄯᅩ 가로ᄃᆡ,

"경이 규중의 쳐ᄒᆞ기을 층ᄒᆞ고 병부 인신을 다 밧치니 다시 부리지 못할리로다. 글어나 君臣之義을 일치 말고 一朔의 一次式 朝會ᄒᆞ여 짐

4) 회시(回示): 예전에, 죄인을 끌고 다니며 뭇사람에게 보이던 일.
5) 호군(犒軍): 군사들에게 음식을 주어 위로함.
6) 만과(萬科): 많은 사람을 뽑던 과거. 대개 무과(武科)를 이른다.
7) 시부모: 문맥상 '시모(媤母)'가 맞다. 회동서관본에도 '시부모'로 표기되어 있다.
8) 기박(奇薄): 팔자, 운수 따위가 사납고 복이 없음.
9) 부모(父母) 양위(兩位): 돌아가신 부모님의 두 위.
10) 펴ᄂᆞᆫ: 피란(避亂).

의 울도지경[11]을 덜나."

ᄒᆞ시고, 인슈과 병부을 도로 ᄂᆡ야주시니, 평국이 돈슈 복지ᄒᆞ여 열어 번 ᄉᆞ양ᄒᆞ다가 마지못ᄒᆞ여 인신을 가지고 보국과 ᄒᆞᆫ가지(로) 나오니, 뉘 안이 층창ᄒᆞ리요? 평국이 도라와 女服을 입고 그 우의 朝服을 쏘 입고 여공게 뵈오니, 呂公이 ᄃᆡ희ᄒᆞ여 일어나 피셕 ᄃᆡ좌ᄒᆞ니, 원슈 마음의 미안ᄒᆞ여 ᄒᆞ더라.

元帥 呂公을 모시고 졔신을 다 정ᄒᆞᆫ 후의[12] 부모 양위와 시모 신위을 ᄇᆡ셜ᄒᆞ고, 승상 보국으로 더부어 發喪 痛哭ᄒᆞ니, 보ᄂᆞᆫ ᄉᆞ람이 낙누 안이ᄒᆞ리 읍더라 이후로부틈은 예로써 승상을 셤기니, 일번 깃부고 일번 두려워ᄒᆞ더라.

11) 울도지경(鬱陶之景): 마음이 근심스러워 답답하고 울적한 모습이나 형편.
12) 졔신을 다 정ᄒᆞᆫ 후의: 제신(諸臣)을 다 청(請)한 후에. 회동서관본에는 '죠명에 신을 다 쳥ᄒᆞᆫ 후에'로 표기되어 있다.

위국공 홍무 일행이 황후와 태자를 만나 귀경하다

이ᄊᆡ의 위공이 피란ᄒᆞ여 부인과 呂公의 부인이며 츈냥 양눈을 다리고 동을 향ᄒᆞ여 가다가 ᄒᆞᆫ 물가의 다다르니, 侍女가 皇后 皇太子을 모시고 강가의 안져, 근너지 못ᄒᆞ여 셔로 붓들고 통곡ᄒᆞ거날, 위공이 급피 나가 복지ᄒᆞᆫᄃᆡ, 皇后와 ᄐᆡᄌᆞ 보시고 못ᄂᆡ 깃거ᄒᆞ시며 눈물을 흘이시더니, (위공이 위로 왈 금번 변란은 엇지홀 수 업ᄉᆞ오나 텬ᄌᆡ 셩덕이 호탕ᄒᆞ시니 엇지 ᄒᆞᄂᆞᆯ이 무심ᄒᆞ시리잇고 복원 황후 젼ᄒᆞᄂᆞᆫ 옥톄를 보호ᄒᆞ옵소셔 ᄒᆞ더니) 문득 남ᄃᆡ로셔[1] ᄉᆞ람의 쇼ᄅᆡ 나거날 놀ᄂᆡ 살펴보니, 泰山이 잇셔 하날의 다흔 듯ᄒᆞᆫ지라.

위공이 皇后와 ᄐᆡᄌᆞ을 모시고 열어 부인과 시녀을 다리고 그 산즁으로 들어가니, 쳔봉만학은 눈 압피 둘너난듸 발셥도도[2]ᄒᆞ여 들어가며 눈을 들어보니, ᄒᆞᆫ 초당이 뵈이거날, 위공이 들어가 쥬인을 쳥ᄒᆞ

1) 남ᄃᆡ로셔: 남쪽에서.
2) 발섭도도(跋涉道途): 산길을 넘고 물길을 건너감. 여러 곳을 두루 돌아다님.

니, 도ᄉᆞ 초당의 안져다가 위공을 보고 급피 나와 쇼ᄆᆡ을 잡고,

"무숨 일노 이 깁픈 산즁의 오신잇가?"

위공 曰,

"국운이 불힝ᄒᆞ와 意外의 난시을 당ᄒᆞ오ᄆᆡ 황후와 ᄐᆡᄌᆞ을 모시고 와나이다."

ᄒᆞ니, 도ᄉᆞ 경문 曰,

"어ᄃᆡ 계신잇가?"

(위공이 답왈)

"문 박계 계신이다."

도사 曰,

"황후와 모든 부인은 안으로 모시고 ᄐᆡᄌᆞ와 위공은 초당의 계시다가 평정 후의 황셩으로 가시게 ᄒᆞ옵쇼셔."

ᄒᆞ니, 위공이 나와 황후와 모든 부인과 시녀는 안으로 모시고, ᄐᆡᄌᆞ와 위공은 초당의 계셔 쥬야 셜워ᄒᆞ더니, 일일은 도ᄉᆞ 산의 올나 쳔긔을 보고 ᄂᆡ려와 위공다려 曰,

"이졔는 평국과 보국이 도젹을 쇼멸ᄒᆞ고 本國의 도라와 呂公을 셤기며, 상공과 부인 영위을 ᄇᆡ셜ᄒᆞ고 쥬야 통곡으로 지ᄂᆡ며, 皇上계옵셔 皇后와 ᄐᆡᄌᆞ의 존망을 아지 못ᄒᆞ와 눈물로 지ᄂᆡ오니, 급피 나가옵쇼셔."

ᄒᆞ니, 위공이 놀나 曰,

"僕이 평국의 아비되는 쥴을 웃지 아나잇가?"

도ᄉᆞ 曰,

"ᄌᆞ연 아옵건이와 급피 나가옵쇼셔."

ᄒᆞ고, ᄒᆞᆫ 장 봉셔을 쥬며 曰,

"이 봉셔을 平國과 輔國을 쥬옵쇼셔."

ᄒᆞ고, 길을 ᄌᆡ촉ᄒᆞ니, 魏公이 치하 曰,

"尊公의 덕ᄐᆡᆨ으로 슈다[3] 몸숨[4]을 보존ᄒᆞ여 도라가오니, 은혜 난망이 압건이와 이 ᄯᅡ 지명은 무어시라 ᄒᆞ나잇가?"

도ᄉᆞ 曰.

"이 ᄯᅡ 지명은 翼州ᄋᆞᆸ고 山名은 쳔明山이라 ᄒᆞᄋᆞᆸ건이와, 生은 定處읍시 단이난 ᄉᆞ람이라, 山水을 구경ᄒᆞ여 단이ᄋᆞᆸ다가 황후 ᄐᆡᄌᆞ와 상공을 구ᄒᆞ랴 ᄒᆞᄋᆞᆸ고 이 山中의 왓ᄉᆞᆸ던니, 이졔는 生도 ᄒᆞᆫ가지로 ᄯᅥ나 蜀中 名山으로 가랴 ᄒᆞ오니, ᄎᆞ후는 다시 뵈올 날이 읍ᄉᆞ오니, 부ᄃᆡ 죠심ᄒᆞ여 平安이 行次ᄒᆞ시ᄋᆞᆸ쇼셔."

ᄒᆞ며, 길을 ᄌᆡ촉ᄒᆞ니, 위공이 도ᄉᆞ계 하직ᄒᆞ고 황후 ᄐᆡᄌᆞ와 열어 부인을 모시고 졀벽 ᄉᆡ이로 ᄂᆡ려와 白雲洞 於口(에) 나오니, 젼의 보던 黃河江이 잇거날, 강가로 오며 젼일을 ᄉᆡᆼ각ᄒᆞ고 눈물을 흘이며 白沙場을 지나, 龍鳳泰을 너머 富春洞을 지나 五更樓의 와 一夜을 머무르고, 이튼날 ᄒᆡᆼᄒᆞ여 波州 셩문 박긔 다다르니, 守門將이 문을 구지 닷고 군ᄉᆞ로 ᄒᆞ야금 문曰,

"너의 ᄒᆡᆼᄉᆡᆨ이 괴이ᄒᆞ니, 녀희는 읏던 ᄉᆞ람이관ᄃᆡ ᄒᆡᆼᄉᆡᆨ이 초초ᄒᆞᆫ요? 바로 일너 실情을 긔지[5] 말나."

ᄒᆞ고, 셩문을 여지 안이ᄒᆞ니, 侍女와 魏公이 크게 쇼ᄅᆡᄒᆞ여 왈,

"우리는 이번 난의 황후와 ᄐᆡᄌᆞ을 모시고 피란ᄒᆞ엿다가 지금 황셩으로 가ᄂᆞᆫ 길이니, 너희는 의심치 말고 셩문을 밧비 열나."

ᄒᆞ니, 군ᄉᆞ 이 말 듯고 관슈의계 급피 아뢴ᄃᆡ, 관슈 놀나 급피 나(와) 셩문을 열고 복지ᄒᆞ여 엿ᄌᆞ오ᄃᆡ,

"과연 모로ᄋᆞᆸ고 문을 더듸 열어ᄉᆞ오니, 죄을 당ᄒᆞ여지이다."

ᄐᆡᄌᆞ와 위공이 왈,

---

3) 수다(數多): 수가 많음.
4) 몸숨: '목숨'의 오기. 회동서관본에는 '목숨'으로 표기되어 있다.
5) 긔지: 기이지. 숨기고 속이지.

"ᄉᆞ셰 글려할 듯ᄒᆞ니 과염치 말나."
ᄒᆞ시고, 관[6]으로 들어갈ᄉᆡ 관슈 일힝 다 모셔 관ᄃᆡᄒᆞ여, 일번 황셩으로 장문[7]ᄒᆞᆫ이라.

이젹의 쳔ᄌᆞ는 황후와 ᄐᆡᄌᆞ 쥭은 쥴 알고, 궐內의 神位을 ᄇᆡ셜ᄒᆞ고 졔ᄒᆞ시며 쳬읍ᄒᆞ시더니, 이ᄯᆡ 관장이 장문을 올여거날 ᄯᅧ여보니,

'魏國公 洪武 황후와 ᄐᆡᄌᆞ을 모시고 南關의 와 유ᄒᆞ나이다.'
ᄒᆞ여거날, 쳔자 보시고 一喜一悲ᄒᆞᄉᆞ 즉시 계월을 알게 ᄒᆞᆫ니, 계월이 이 말을 듯고 ᄃᆡ희ᄒᆞ여 즉시 죠복을 입고 闕內예 들어가 복지 ᄉᆞ은ᄒᆞᆫᄃᆡ, 쳔ᄌᆞ 반기ᄉᆞ 왈,

"경의 부와 경을 하날이 짐을 위ᄒᆞ여 ᄂᆡ셔쏘다. 이번 위국공이 황후를 보효ᄒᆞ여 목슘을 보죤케 ᄒᆞ여스니, 은혜을 무어스로 갑푸리요?"
ᄒᆞ시니, 桂月이 돈슈 쥬曰,

"이는 다 陛下의 녈부신 덕으로 하날이 살피ᄉᆞ[8] 읏지 신의 아비(의) 공이라 ᄒᆞ오릿가?"
ᄒᆞ고, 즉시 위의를 갓초와 승상 보국으로 ᄒᆞ야금 보ᄂᆡ이라. 쳔ᄌᆞ 졔신을 거나여 요지연의 지ᄃᆡ[9]ᄒᆞ시고, 계월은 ᄃᆡ元帥의 위의을 ᄎᆞ려 落成關ᄭᅡ지 연졉[10]ᄒᆞ랴 ᄒᆞ고 나간니라.

이ᄯᆡ 보국이 南關의 다다나 위공 양위와 모부임게 복지 통곡ᄒᆞᆫᄃᆡ, 위공이 승상의 숀을 잡고 쳬읍 왈,

"하마터면 너을 보지 못할 번ᄒᆞ여쏘다."
ᄒᆞ고, 비창함을 마지 안이ᄒᆞ더라.

---

6) 관(關): 국경이나 요지의 통로에 두어 드나드는 사람이나 화물을 조사하던 곳.
7) 장문(狀聞): 장계(狀啓)를 올려 임금에게 아뢰.
8) 살피ᄉᆞ: 회동서관본에는 '살피시니'로 표기되어 있다. 회동서관본이 적합하다.
9) 지대(支待): 공적인 일로 지방에 나간 고관의 먹을 것과 쓸 물품을 그 지방 관아에서 바라지함. 여기에서는 문맥으로 보아 '잔치를 베풂'이 적절하다.
10) 연졉: '영졉'의 오기.

이튼날 황후와 틱ᄌᆞ을 옥연[11]의 모시고, 두 부인은 금덩을 타시고, 츈랑 양눈이며 모든 시여는 교ᄌᆞ을 틱와 좌우의 시위ᄒᆞ고, 위공는 金鞍 俊馬[12]의 두렷시 안져스며, 三千 宮女 녹의홍상ᄒᆞ여 황촉[13]을 들여[14] 연과 덩을 옹위ᄒᆞ고, 좌우의 풍유을 셰우고, 승상은 그 뒤의 군ᄉᆞ을 거나려스니, 그 찰난함을 읏지 층양ᄒᆞ리요?

쩌는 지 三日 만의 落成關의 다다르니, 이ᄯᅴ 桂月이 낙셩관의 와 딕후ᄒᆞ엿다가 황후 힝ᄎᆞ 오심을 보고 급피 나가 연졉ᄒᆞ여 모시고, 平安이 힝ᄎᆞᄒᆞ심을 문후ᄒᆞ고, 물녀나와 侍母[15] 前의 복지 통곡ᄒᆞ니, 위공과 두 부인이 계월의 손을 잡고 쳬읍ᄒᆞ며 일희일비ᄒᆞ더라.

종야토록 정의[16]을 셜화ᄒᆞ고 잇튼날 길을 쩌나 쳥운관의 다다르니, 텬ᄌᆞ 딕상의 좌긔ᄒᆞ시고 황후을 마질ᄉᆡ, 상하 일힝이 딕하의 일으려 복지ᄒᆞᆫ딕, 텬ᄌᆞ 눈물을 흘이시며 피란ᄒᆞ던 ᄉᆞ연을 무르시니, 황후와 틱ᄌᆞ 고상ᄒᆞ던 ᄉᆞ연을 낫낫치 고달ᄒᆞ며 위공이[17] 만나던 말을 ᄌᆞ셰이 고ᄒᆞ니, 텬ᄌᆞ 들시고[18] 위공계 치ᄉᆞ 曰,

"경 곳 안이던들 황후와 틱ᄌᆞ을 읏지 다시 보오리요?"

ᄒᆞ시며, 무슈이 ᄉᆞ례ᄒᆞ시니, 위공 부부 층ᄉᆞ[19]ᄒᆞ고 물너나오니라. 이날 쩌나 텬ᄌᆞ 셩봉이 되야 환궁ᄒᆞ시고, 궁궐을 다시 지어 예와 갓치 번화ᄒᆞ며 무슈이 질기시더라.

---

11) 옥연(玉輦): 옥으로 만든 가마. '연'은 '임금이 거둥할 때 타고 다니던 가마'를 뜻한다.
12) 俊馬: '駿馬(준마)'의 오기.
13) 황촉(黃燭): 밀랍으로 만든 초. 회동서관본에는 '화촉(華燭)'으로 표기되어 있다. '화촉'은 '빛깔을 들인 밀초'를 뜻한다.
14) 들여: 들어.
15) 侍母: '媤母(시모)'의 오기. 시어머니.
16) 정의(情誼): 서로 사귀어 친해진 정. 회동서관본에는 '졍회(情懷)'로 표기되어 있다.
17) 위공이: 문맥으로 보아 '위공을'이 옳다. 회동서관본에는 '위공을'로 표기되어 있다.
18) 들시고: '드ᄅᆞ시고'의 오기.
19) 칭사(稱謝): 고마움을 표현함.

일일은 위공이 계월과 보국을 불너 道士의 봉셔을 쥬거날 써여 보니, 이는 先生의 筆跡이라. 그 글의 ᄒᆞ여스되,

'一片 封書을 平國과 보국의게 부치는이, 슬푸다. 명현동의셔 ᄒᆞᆫ가지로 공부ᄒᆞ던 졍이 ᄇᆡᆨ운[20]갓치 중ᄒᆞ도다. ᄒᆞᆫ번 이별ᄒᆞᆫ 후로 졍쳐 읍시 바린 몸이 山野 寂寞ᄒᆞᆫ ᄃᆡ 쳐ᄒᆞ여 단이면셔, 너희을 ᄉᆡᆼ각ᄒᆞ는 졍이야 웃지 다 층양ᄒᆞ랴만은. 노인의 갈 길이 万里의 막켜스니, 슬푸다. 눈물이 학창의예 져져쏘다. 이후는 다시 보지 못할 거시니, 부ᄃᆡ 우희로 쳔ᄌᆞ을 셤게 충셩을 다ᄒᆞ고, 아ᄅᆡ로 부모을 셤겨 효셩을 다ᄒᆞ여, 글이던 유한[21]을 풀고, 부ᄃᆡ 무양이[22] 지ᄂᆡ라.'

ᄒᆞ려거날, 평국 보국이 보기을 다ᄒᆞᄆᆡ 쳬읍ᄒᆞ며, 그 은혜을 ᄉᆡᆼ각ᄒᆞ여 공즁을 向ᄒᆞ여 무슈이 치하ᄒᆞ더라.

---

20) ᄇᆡᆨ운: 회동서관본에는 'ᄇᆡᆨ옥(白玉)'으로 표기되어 있다. 문맥으로 보아 '백옥'이 맞다.
21) 유한(遺恨): 살아서 뜻을 이루지 못하고 남긴 한. 여기서는 문맥으로 보아 '오랫동안 품어온 한'을 뜻한다.
22) 무양(無恙)이: 몸에 병이나 탈이 없이.

부귀영화를 누리다

이ᄯᆡ 천ᄌᆞ 위공의 베슬을 승품ᄒᆞ실ᄉᆡ, 洪武로 楚王을 봉ᄒᆞ시고, 呂公으로 오왕을 봉ᄒᆞ시고, ᄎᆡ단을 만이 상ᄉᆞᄒᆞ시며 가로ᄉᆞᄃᆡ,

"오초 양국이 政事를 폐ᄒᆞᆫ지 오라오ᄆᆡ 급피 ᄎᆡ힝ᄒᆞ여 가 國事을 다ᄉᆞ리라."

ᄒᆞ시고, 길을 ᄌᆡ촉ᄒᆞ시니, 오초 양王이 황은을 축ᄉᆞᄒᆞ고 물너나와 치힝을 ᄎᆞ려 ᄯᅥ날ᄉᆡ, 부ᄌᆞ부녀 셔로 이별ᄒᆞᄂᆞᆫ 졍이 비할 ᄃᆡ 읍더라.

이젹의 승상 보국이 나희 四十五歲(라), 三男一女을 두여스니 영민ᄎᆞᆼ혜ᄒᆞᆫ지라. 長子로 吳國 ᄐᆡᄌᆞ을 봉ᄒᆞ여 보ᄂᆡ고, 次子은 姓을 洪이라 ᄒᆞ여 楚國 太子을 봉ᄒᆞ여 보ᄂᆡ고, 三子는 공문거족의 셩취[1]ᄒᆞ여 베슬할ᄉᆡ 충셩으로 님군을 셤기고 百姓을 仁義로 다ᄉᆞ리넌지라.

이ᄯᆡ 天子 聖德ᄒᆞᄉᆞ 時化年豐[2]ᄒᆞ고 百姓이 擊壤歌을 불르고 함포고

1) 성취(成娶): 장가를 들어 아내를 얻음.

2) 時化年豐: '時和年豐(시화연풍)'의 오기. 나라가 태평하고 풍년이 듦.

복ᄒᆞ니, 山無도젹ᄒᆞ고 도不습유ᄒᆞ여 堯之日月이요 舜之乾坤이라.[3] 桂月의 子孫이 ᄃᆡᄃᆡ 공후작녹을 누리고 至于萬世ᄒᆞ여 傳之無窮ᄒᆞ니, 이련 장ᄒᆞ고 긔이ᄒᆞᆫ 일이 쏘 잇스이요? ᄃᆡ강 긔록ᄒᆞ여 世上 ᄉᆞ람을 뵈이게 함이라.

ᄎᆞ문을 셔툴녀 지식이 쳔단[4]ᄒᆞ여 오ᄌᆞ 낙셔가 만이 되야스니, 보는 남원이 짐작ᄒᆞ여 보시옵.

庚戌 二月 十五日 終 胎封[5] 冊

경슐 이월 일오일 종이라.

3) 요지일월(堯之日月)이요 순지건곤(舜之乾坤)이라: 요순시대라. 태평세월이라.
4) 천단(淺短): 지식이나 생각 따위가 얕고 짧음.
5) 태봉(胎封): (왕실에서) 태어난 갓난아이의 태를 묻음.

해설

『홍계월전』의 이모저모, 흥미로운 지점들

홍계월의 영웅적 활약

여성이 많은 병졸을 거느리고 전쟁터로 나아가 말을 타고 적진으로 들어가 칼을 휘두르며 휘젓고 돌아다니는 용맹스러운 모습은 생각만 해도 재미있다. 조선시대에 그런 여성의 영웅적 활약상을 담아낸 작품이 적지 않다.

그중 대표적인 작품이 『홍계월전』인데, 줄거리는 이렇다.

명나라 때 홍계월은 홍무의 외동딸로 태어났다. 장사랑의 난이 일어나 피란을 가는 도중에 계월은 도적에게 잡혀 강물에 던져진다. 여공은 떠내려가는 어린 계월을 구해내어 친자식처럼 키우고 아들인 보국과 함께 곽도사에게 보내 문무를 익히게 했다. 계월은 평국이라 이름을 고치고 과거에 응시해 장원으로 급제하고, 보국은 부장원을 한다. 북방에서 서달이 침입하자 평국은 대원수가 되어 나아가 싸워 승리를 거두고, 헤어진 부모와 상봉한다. 평국의 실체가 여성임이 밝혀지자 평국은 그동안 천자를 속인 죄를 고한다. 천자는 평국의 벼슬을 거두지 않고 그대로 둔 채, 보국과 혼인하게 한다. 그후 오왕과 초왕이 반란을 일으키자, 결혼해서 아녀자로 지내고 있던 평국은 또다시 대원수가 되어 보국을 휘하에 거느리고 출전해 승리를 거둔다. 이후 평국과 보국은 행복한 삶을 누린다.

계월의 영웅적 활약상은 작품 곳곳에 잘 나타나 있다. 그중 한 대목을 들어보면, 계월이 오왕과 초왕의 반란군에 포위당해 있는 천자를 구해내는 대목이다. 십 리나 되는 모래밭에서 수많은 적병이 천자를 둘러싸고 "항복하라"는 소리를 외쳐댈 때 천자는 잔뜩 겁을 집어먹은 채 벌벌 떨고 있었다. 그 위기의 순간에 계월은 홀연히 우레와 같은 소리를 지르며 말을 채찍질해 달려든다. 그 장면을 보자.

홍원수가 철통같이 달려가니, 홍원수의 준총마가 시뻘건 주둥이를 벌리고 순식간에 맹길이 탄 말의 꼬리를 물고 늘어졌다. 맹길이 크게 놀라 몸을 돌이켜 긴 창을 높이 들고 홍원수를 해치고자 했으나, 홍원수가 크게 분노하며 칼을 들어 맹길을 치니, 두 팔이 떨어져나갔다. 또 이리저리 헤집고 다니며 적군의 군사를 모조리 죽여 없애니, 피가 흘러 냇물을 이루고 주검이 산과 같이 쌓였다.

이때 천자와 신하들이 넋을 잃고 어쩔 줄 몰라 하다가, 천자가 손가락을 깨물려고 하자, 홍원수가 얼른 말에서 내려 엎드려 통곡했다.

"폐하는 옥체를 상하게 하지 마십시오. 평국이 왔습니다."

천자가 혼미한 와중에도 평국이란 말을 듣고 한편으로는 반기고, 한편으로는 슬퍼하면서 홍원수의 손을 잡고 눈물을 흘릴 뿐 아무 말도 하지 못했다.

천자와 신하들은 위기의 상황에 넋을 잃어, 어쩔 수 없이 항복 문서를 쓰려고 손가락을 깨물려 했다. 그 순간 천자와 신하들은 얼마나 두렵고 참담했을까. 계월의 출현으로 슬픔은 한순간에 기쁨으로 변해 모두 눈물범벅이 되고 말았다.

계월의 영웅적 활약은 일찍이 북방을 침입한 서달의 무리를 무찌르고 그로부터 항복을 받는 장면에서도 찾아볼 수 있다. 계월은 적들을 모두 무릎 꿇리고 호령하면서 의젓한 위엄을 마음껏 펼쳤다. 거기서 그치지 않고, 계월은 항복한 서달을 장대에 올라와 앉게 하더니 도리어 감사의 뜻을 표했다. 서달을 쫓다가 부모를 만나게 되었으니, 그 공이 서달에게 있다는 것이었다. 서달은 "무도한 도적이 홍원수의 손에 죽을 줄 알았는데, 오히려 감사의 말을 들었으니 이제 죽어도 홍원수의 덕을 갚을 길이 없습니다"라고 마음속 깊은 곳에서 우러나오는 감동을 표했다. 이처럼 계월은 용맹스러움에 덕성까지 갖춘 여자였다.

남성 영웅보다 뛰어난 여성 영웅

홍계월과 같이 여성의 영웅적 활약상을 담은 소설들을 여장군형 소설, 여호걸계 소설이라 일컫기도 하며, 여성 영웅소설이라 부르기도 한다. 아마도 여성 영웅소설은 남성의 영웅적 활약상을 드러낸 영웅소설과 어우러지며 당시 독자들에게 흥미로움을 더해주지 않았을까.

남주인공의 영웅적 활약상을 위주로 하는 영웅소설로는 『소대성전』『조웅전』『유충렬전』『장백전』이 있다. 그리고 여주인공의 영웅성을 그려내는 여성 영웅소설로는 『황운전』『이대봉전』『권익중전』과 『정수정전』『홍계월전』이 있다.

여성 영웅소설 중 앞의 세 작품인 『황운전』『이대봉전』『권익중전』에서는 남주인공과 여주인공이 장수로 등장해 전란을 평정하고 국가를 보호하는 등 영웅적인 활약상을 펼쳐낸다. 이 세 소설에서는 남성이 여성보다 우위에 있거나, 남성과 여성이 비교적 대등한 모습을 보여준다. 그에 비해 뒤의 두 작품 『정수정전』과 『홍계월전』에서는 여성이 남성보다 우월한 능력을 발휘하고 있어서 눈길을 끈다.

어린 시절부터 홍계월은 비범했다. 그 비범성은 남성을 뛰어넘었다. 계월은 하나를 배우면 열을 알았고, 보국이 1년이 걸려도 다 깨우치지 못하는 것을 3개월 만에 습득할 정도로 총명했다. 계월의 비범한 자질은 이후에도 이어졌다. 계월이 과거에 응시해 장원급제할 때 보국은 부장원을 했다.

계월의 뛰어난 자질은 전쟁터에서 영웅적 활약으로 꽃을 피운다. 서달의 난이 일어났을 때 계월은 대원수가 되어 보국을 중군장으로 삼아 휘하에 거느리고 출전한다. 보국이 적진에 둘러싸여 위기에 처하자, 계월은 홀로 적진에 뛰어들어 보국을 구해내고 적진을 격파했다.

> 홍원수가 수많은 적진 속으로 고함치고 좌충우돌하며 들어가자, 적진의 장졸들이 마치 물결이 흩어지듯 했다. 홍원수가 보국을 옆에 낀 채, 적장 오십여 명을 한칼로 베고, 무리 속에서 거리낌없이 헤젓고 다녔다.

계월이 적진에 뛰어들자 수많은 적병이 당황하며 뒤로 물러나는데 그 모습이 마치 물결이 흩어지는 것 같았단다. 계월이 어쩔 줄 모르는 보국을 한순간에 낚아채 옆구리에 끼고 적진을 누비고 다녔다니……

거기에서 그치지 않았다. 계월은 싸움에서 진 보국에게 군법을 적용해 죽이라는 명령을 내렸다. 물론 장수들이 만류해 그만두었지만, 아무리 부하라 할지라도, 자신을 구해준 이의 아들이라 할지라도 사사로운 정에 이끌리지 않았다. 군율을 엄히 세우고자 하는 계월의 위엄이 하늘을 찔렀다.

오왕과 초왕이 반란을 일으켰을 때도 그랬다. 계월은 대장군이 되어 보국을 거느리고 출전했다. 그런데 계월의 사정이 예전과 달라졌다. 계월이 남성이 아닌 여성임이 밝혀지고 보국과 결혼한 뒤였던 것이다. 천자와 조정 신하들은 계월이 아녀자라는 점을 전혀 고려하지 않고 전쟁터로 나가게 했다. 계월은 조금도 망설이지 않고 즉시 명령을 받았다.

"제가 외람되게 폐하를 속이고 높은 관직에 올라 영화롭게 지내기가 황공했는데, 저의 죄를 용서하시고 이처럼 사랑하시니, 제가 비록 어리석으나 힘을 다해 성은을 만분의 일이나마 갚고자 합니다. 폐하께서는 근심하지 마옵소서."

이번에도 보국을 휘하에 거느렸다. 보국은 저번에 패했던 것과 달리 적장 운평과 운경의 머리를 연거푸 베는 용맹성을 발휘했다. 하지만 적장 구덕지와 싸우다가 그만 적병들에게 둘러싸이고 말았다. 위기에 처한 보국을 구해낸 이는 이번에도 계월이었다. 그녀는 적진에 홀로 뛰어들어가 구덕지의 머리를 베어 들고 몸을 날려 적진 속을 파고들었다.

보국의 전투 능력이 늘었다고 하지만, 어찌 계월과 비교할 수 있을까. 계월의 영웅적인 활약은 아무리 용감한 적장들이라도 감당할 수 없었다. 보국도 마찬가지였다.

아내와 남편의 대결

계월은 여성이라는 것이 밝혀지기 전까지 남자 옷차림을 하고 평국이라 일컬으며 어엿한 남자로 행세해왔다. 그 때문에 보국은 계월 앞에서 불평 한마디 없었다. 하지만 계월이 여성임이 밝혀지고 자신의 아내가 된 후에는 보국의 태도가 갑자기 돌변했다. 남자는 귀하고 여자는 천하다는 사고를 드러내는가 하면, 아내는 반드시 남편에게 복종해야 한다는 사고를 드러낸 것이다.

계월은 보국의 그런 견해를 결코 받아들이려 하지 않았다. 애초에 계월은 남자로 태어나지 못한 것을 한스러워했고, 결혼은 결코 생각해본 적도 없었다. 천자의 주선으로 마지못해 결혼해 보국의 아내가 되지만, 오히려 계월은 보국에게 군령軍令을 행함으로써 자신이 상관이라는 점을 주지시켰다.

홍원수가 정색하고 꾸짖었다.

"군법이 매우 중한데, 그대가 중군장이면 즉시 대기하여 명령을 기다릴 것이거늘, 어찌 장수의 명령을 중히 여기지 않고 태만한 마음으로 군령을 소홀히 하느냐? 중군장의 죄가 매우 무엄하니 즉시 군법을 시행해야 할 것이다. 십분 헤아리겠지만, 그렇다고 그대로 두지는 않을 것이다."

홍원수가 군사들에게 "중군장을 빨리 잡아내라" 하는 호령 소리가 서릿발 같았다. 무사가 한꺼번에 고함치며 달려들어 장대 앞에 보국의 무릎을 꿇리니, 보국이 정신을 잃었다가 겨우 진정하여 아뢰었다.

"제가 몸에 병이 있어 치료하다 미처 완치하지 못했습니다. 태만한 죄는 만 번 죽어도 아깝지 않으나 몸에 든 병이 심해지면 생명을 보전하지 못할 것이고, 만일 죽으면 부모에게 불효가 매우 클 것입니다. 엎드려 빌건대 원수께서는 바다와 같은 은덕을 베푸시고, 전날의 간곡한 정을 생각해 살려주시면, 불효를 면할까 합니다."

보국이 거듭거듭 애걸했다. 홍원수가 마음속으로 웃으면서 겉으로는 호령했다.

"중군장은 몸에 병이 있다면서 어찌 영춘각의 애첩 영춘과 더불어 밤낮으로 풍류를 즐기는가? 그러나 사정이 없지 않아 용서하겠으니, 이후로는 그리하지 마라."

홍원수의 분부에 보국이 굽실거리며 감사의 예를 올리고 물러났다.

보국은 계월과 결혼하면서 둘 사이의 관계가 역전될 줄 알았지만, 계월은 결코 호락호락하지 않았다. 계월 앞에서 땅바닥에 무릎을 꿇은 보국의 모습을 보라. 계월에게 병을 핑계로 애걸하지 않는가! 계월은 남편 보국을 용서해주지만, 애첩 영춘과 밤낮으로 즐기던 남편의 모습을 꼬집는 것을 빼놓지 않았다. 그후로 계월은 영춘이 예의를 갖추지 않았다는 죄를 들어 영춘을 처형하기에 이른다. 그 일로 남편 보국은 불만을 품지만, 불평하는 선에서 그쳤을 뿐 계월의 기개를 꺾을 수는 없었다.

심지어 계월은 남편 보국을 웃음거리로 삼기도 했다. 오왕과 초왕의 반란을 진압할 때 보국도 계월 못지않게 공을 세우고 자신만만하게 돌아오고 있었다. 그때 계월은 적장으로 변장해 보국을 골탕 먹였다. 천자에게 허락을 받고 장난삼아 연출한 것이지만, 그 상황에 속아넘어간 보국은 계월의 도움을 받을 수 없음을 한탄스러워하며 계월의 이름을 울부짖고 만다. 아내도 얼마든지 남편보다 뛰어날 수 있음을 매우 흥미롭게 보여주었다.

여성의 남성적인 삶을 둘러싼 서로 다른 생각들

그런데 남성보다 뛰어난 여성 영웅의 모습을 보여주고 부부 대결에서 승리했지만, 계월에게는 큰 고통이 있었다.

보국과 결혼하라는 천자의 말을 전해들은 계월은 눈물을 흘렸다. 마음속 깊은 곳에서 솟아나는 눈물이었다. 계월은 이렇게 말했다.

"제 마음은 평생 홀로 늙어 부모 슬하에 있다가 죽은 후에 다시 남자가 되어 공자와 맹자가 가르친 행실을 배우고자 했습니다. 하지만 근본이 밝혀져 천자의 지시가 이러하시고, 부모님도 슬하에 다른 자식이 없어 슬프게도 조상의 제사를 전할 곳이 없으니, 자식이 되어 부모의 명령을 어찌 거역하며, 천자의 하교를 어찌 배반하겠습니까? 지시대로 보국을 섬겨 여공의 은혜를 만분의 일이나마 갚을까 하오니, 부친은 이 사연을 천자께 올리십시오."

계월은 결혼하지 않고 홀로 지내고 싶었으며, 죽은 후에는 다시 남자로 태어나 공자와 맹자의 가르침을 배우며 살고 싶다고 했다. 거기에는 남자로 태어나지 못한 한스러움이 자리잡고 있었다.

이러한 계월의 생각은 주변 사람들과 마찰을 빚게 했다. 계월은 먼저 남편 보국과 충돌했다. 한편으로 계월이나 보국과 다른 제3의 생각으로 천자, 조정 신하, 홍무, 여공, 곽도사 등의 생각도 있는데, 계월의 생각은 제3의 생각과 대립하기도 하고, 제3의 생각과 보국의 생각이 충돌하기도 한다.

이 세 가지 생각은 서로 충돌하며 다음과 같이 삼각 대립의 모습을 드러낸다.

먼저 계월과 보국의 생각을 비교해보자. 계월은 여성으로 태어났지만 여성적인 삶을 거부하고 남성적인 삶을 살고자 했다. 그러나 보국의 생각은 전혀 달랐다. 보국은 여성이 남성적인 삶을 살아서는 안 되고 여성적인 삶에 만족해야 한다고 생각했다. 그러니 계월과 보국은 정면으로 충돌할 수밖에 없었다.

다음으로 계월의 생각과 제3의 생각을 견주어보자. 계월은 여성이지만 결코 여성적인 삶을 살려고 하지 않았으나, 제3의 생각은 여성은 여성적인 삶을 사는 것이 당연하다고 보았다. 그 지점에서 두 생각은 대립

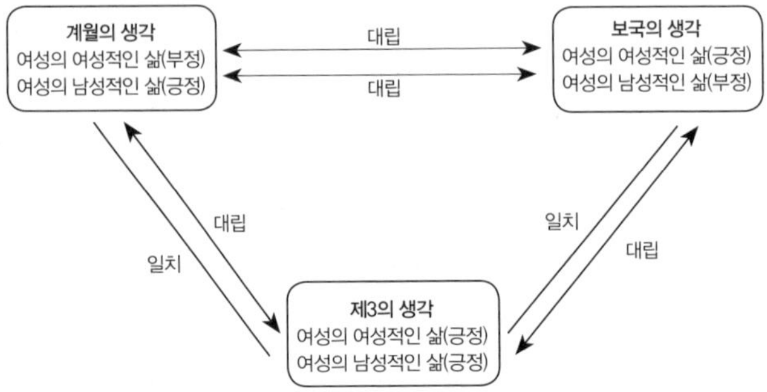

여성의 삶에 대한 생각들의 삼각 대립

했다. 그러나 제3의 생각은 여성의 남성적인 삶을 인정하는 길을 열어 주었는데, 그 점에서 계월의 생각과 거의 같았다.

끝으로 보국의 생각과 제3의 생각을 비교해보자. 보국은 여성이 남성적인 삶을 사는 것을 인정하지 않았지만, 제3의 생각은 그것을 인정했기에 두 생각이 충돌했다. 하지만 제3의 생각 또한 기본적으로 여성이 당연히 여성적인 삶을 살아야 한다고 보았다는 데서는 보국과 견해가 같았다.

여기에서 제3의 생각이 중심을 잡고 있음이 새삼 흥미롭다. 계월이든 보국이든 어느 한쪽의 생각이 100퍼센트 받아들여지지 않고 조금씩 양보해 제3의 생각으로 끌려가고 말았다. 그런데 애초에 계월의 생각이 표출되지 않았다면 제3의 생각이 나올 수 있었을까? 아마도 제3의 생각은 보국의 생각과 같은 선에서 머무르고 말았을 것이다.

더욱이 제3의 세력인 '천자-신하-스승-부친'이 '국가-사회-가정'의 중심 세력이지 않은가? 그런 큰 세력을 형성하고 있는 제3의 생각이 변하게 촉발한 것이 계월의 생각이라면, 계월의 생각을 결코 소홀히 취급해서는 안 될 것이다.

'여성은 왜 남성적인 삶을 살 수 없는가?'라는 계월의 고민이 오늘날 모두 해소되었다고 단정할 수는 없다. 오늘날 여성의 삶이 남성의 영역을 적지 않게 허물어뜨리고 있긴 해도 아직 넘어야 할 산이 많다. 계월의 고민은 지금도 계속되고 있는 것이다.

둘째 아들의 성, '홍'씨

한편 계월이 이루어낸 것들 중에서 오늘날 새롭게 파장을 일으키는 것도 있다. 무엇일까?

다음은 작품의 끝 대목이다. 고전소설은 대부분 행복한 결말, 즉 '해피엔딩'이다. 『홍계월전』도 예외가 아니다. 홍계월과 여보국은 아들딸 낳고 행복하게 살았으며, 바야흐로 태평시대를 누렸다는 내용이다.

> 이때 승상 보국의 나이 마흔다섯 살이 되어서 삼남일녀를 두었는데, 모두 영민하고 지혜로웠다. 맏아들을 오나라 태자로 보내고, 둘째 아들은 성을 홍이라 하여 초나라 태자로 보냈다. 셋째 아들은 훌륭한 가문의 딸과 혼인하여, 벼슬길에 올라 충성을 다해 임금을 섬기고 백성을 어질고 의롭게 다스렸다.
>
> 천자의 성덕으로 나라가 태평하고 풍년이 들어 백성은 격양가를 부르며 함포고복하니, 산에는 도적이 없고, 길에 떨어진 물건을 주워가는 사람이 없었다. 요순시대와 같은 태평 시절이었다.

그런데 "둘째 아들은 성을 홍이라 하여"라는 대목이 꽤나 의미심장하다. 홍계월은 여보국의 아내로 삼남일녀를 두었는데 둘째 아들의 성을 '여'씨로 하지 않고 '홍'씨로 했단다.

여러 자녀 중 아들 한 명은 남편의 성을 따르지 않고 아내의 성을 따르게 한 것은 오늘날에도 선뜻 받아들이기에는 저항감이 있을 것이다. 더욱이 조선시대에는 이런 생각조차 하기 힘들었을 것이다. 그런데 『홍계월전』의 이본들 중 하나인 '한국학중앙연구원 45장본'에는 그렇게 되어 있다.

이본異本은 문학 작품에서 기본적인 내용은 같으면서도 부분적으로 차이가 있는 책을 일컫는다. 『홍계월전』에는 그런 이본이 여러 종류가 있는데, 그 이본들 중 하나가 '한국학중앙연구원 45장본'이다.

조선시대에 아들을 낳지 못하고 딸만 둔 집안은 걱정이 이만저만 아니었다. 가문이 끊기게 되어 조상을 볼 면목도 없을 뿐 아니라 훗날 자신들에게 제사를 지내줄 사람도 없기 때문이었다. 출가외인이라는 말이 있듯이 딸은 시집가면 그뿐이라 여겼다. 시집간 딸이 친정 부모를 위해 제사를 지내줄 수는 있었지만, 그것도 기껏해야 딸이 살아 있을 때뿐이었다. 시집간 딸이 아들을 낳더라도 그 아들은 외가 쪽이 아니라 친가 쪽 제사를 지내야만 했다.

『홍계월전』(한국학중앙연구원 45장본)에서 계월은 그런 생각을 모조리 뒤엎어버렸다. 더욱이 둘째 아들을 성을 홍으로 하고, 초국 태자로 보냈다는데, 초국의 왕이 홍계월의 친정아버지인 홍무라는 점을 생각한다면, 그 구절 또한 예사롭지 않다. 성씨 변경이 왕위 계승으로 확대되고 있지 않은가? 이러한 설정이, 조선시대 현실과 무관하게 소설이라는 허구세계에서 흥미를 돋우는 요소라고 생각할 수도 있다. 맞다.

오늘날 우리 민법에서는 자식이 아버지의 성은 물론이고 어머니의 성을 따라도 된다. 그런데 자식이 둘 이상이면 모두 아버지의 성을 따르든지 아니면 모두 어머니의 성을 따라야 한다. 삼남일녀의 경우에 둘째 아들만 어머니의 성을 따르고 나머지는 아버지의 성을 따를 수는 없는 것이다.

『홍계월전』은 흥미롭게 허구의 세계를 담아낸 고전소설이지만, 계월은 시대를 뛰어넘고 작품 속에서 튀어나와 우리를 불러 세우고 물어볼 것 같다. “『홍계월전』의 성씨 설정 방식과 21세기의 성씨 설정 방식에 대해서 어떻게 생각하는지요?”라고.

【 참고문헌 】

김정녀, 「타자와의 관계를 통해 본 여성 영웅 홍계월」, 『고소설연구』 35, 한국고소설학회, 2013.

민 찬, 「여성영웅소설의 출현과 후대적 변모」, 서울대학교, 석사학위논문, 1986.

박혜숙, 「여성영웅소설과 평등·차이·정체성의 문제」, 『민족문학사연구』 31, 민족문학사학회, 2006.

이인경, 「〈홍계월전〉 연구—갈등 양상을 중심으로」, 『관악어문연구』 17, 서울대학교 국어국문학과, 1992.

이지하, 「주체와 타자의 시각에서 바라본 여성영웅소설」, 『국문학연구』 16, 국문학회, 2007.

장시광, 「여성영웅소설에 나타난 여화위남의 의미」, 『한국고전여성문학연구』 2, 한국고전여성문학회, 2001.

정준식, 「〈홍계월전〉 이본 재론」, 『어문학』 101, 한국어문학회, 2008.

조광국, 「고전소설교육에서 새롭게 읽는 재미: 홍계월의 양성성 형성의 양상과 의미—〈홍계월전〉 '한중연 45장본'을 중심으로」, 『고전문학과 교육』 28, 고전문학교육학회, 2014.

조은희, 「〈홍계월전〉에 나타난 여성의식」, 『우리말글』 22, 우리말글학회, 2001.

차옥덕, 「여도 거부를 통한 남성 우월주의 극복: 〈홍계월전〉 〈정수정전〉 〈이형경전〉을 중심으로」, 『한국여성학』 15-2, 한국여성학회, 1999.

문학동네 한국고전문학전집을 펴내며

우리가 고전에 눈을 돌리는 것은 고전으로 회귀하기 위해서가 아니다. 한국의 고전은 고전으로서 계승된 역사가 극히 짧고 지금 이 순간에도 발견되고 있으며 심지어 어떤 작품은 저 구석에서 후대의 눈길을 간절하게 기다리고 있기도 하다. 우리의 목표는 바로 이런 한국의 고전을 귀환시키는 것이다. 그러니까 고전 안에 숨죽이며 웅크리고 있는 진리내용들을 다시 불러들이고 그것으로 이 불투명한 시대의 이정표를 삼는 것, 이것이 우리의 궁극적인 목적이다.

문학동네 한국고전문학전집은 몇몇 전문가의 연구실에 갇혀 있던 우리의 위대한 유산을 널리 공유하는 것은 물론, 우리 고전의 비판적·창조적 계승을 통해 세계문학사를 또 한번 진화시키고자 하는 강한 열망 속에서 탄생하였다. 그래서 문학동네 한국고전문학전집은 이미 익숙한 불멸의 고전은 말할 것도 없고 각 시대가 새롭게 찾아내어 힘겨운 논의 끝에 고전으로 끌어올린 작품까지를 두루 포함시켰다. 뿐만 아니라 한국 고전의 위대함을 같이 느끼기 위해 자구 하나, 단어 하나에도 세밀한 정성을 들였다. 여러 이본들을 철저히 비교하는 과정을 거쳐 정본을 확정했고, 이제까지의 모든 연구를 포괄한 각주를 달았으며, 각 작품의 품격과 분위기를 충분히 살려 현대어 텍스트를 완성했다. 이 모두가 우리의 고전을 재발명하는 것이야말로 세계문학의 인식론적 지도를 바꾸는 일이라는 소명감 덕분에 가능했음은 물론이다. 부디 한국의 고전 중 그 정수들을 한자리에 모은 문학동네 한국고전문학전집이 그간 한국의 고전을 멀리했던 독자들에게 널리 읽히고 창조적으로 계승되어 세계문학의 진화를 불러오는 우리의, 더 나아가 세계 전체의 소중한 자산으로 자리하기를 기대해본다.

문학동네 한국고전문학전집 편집위원
심경호, 장효현, 정병설, 류보선

옮긴이 **조광국**
서울대학교 국어국문학과를 졸업한 뒤 서울대 대학원에서 고전소설을 전공하여 석사학위와 박사학위를 받았다. 현재 아주대학교 국어국문학과 교수이며, 한국고소설학회 회장이다. 최근 저서로 『기녀 스캔들 메이커』『TV 홈드라마의 세계』『한국 고전문학의 에로스』『한국 고전소설의 이념과 사랑』 등이 있다. 대표적인 논문으로는 「TV드라마 〈내 딸 서영이〉: 결연구조와 사랑의 스펙트럼」「〈사씨남정기〉의 사정옥: 총부 캐릭터」「〈벽허담관제언록〉에 구현된 상층여성의 애욕담론」「〈유효공선행록〉과 〈옥원전해〉의 옹서대립담 고찰」「다중결연구조의 양상과 의미」 등이 있다.

한국고전문학전집 019
홍계월전

1판 1쇄 | 2017년 4월 7일
1판 4쇄 | 2024년 10월 25일

옮긴이 조광국

책임편집 구민정 | 편집 이현미 | 디자인 윤종윤 이주영
마케팅 정민호 서지화 한민아 이민경 왕지경 정경주 김수인 김혜원 김하연 김예진
브랜딩 함유지 함근아 박민재 김희숙 이송이 박다솔 조다현 정승민 배진성
제작 강신은 김동욱 이순호 | 제작처 영신사

펴낸곳 (주)문학동네 | 펴낸이 김소영
출판등록 1993년 10월 22일 제2003-000045호
주소 10881 경기도 파주시 회동길 210
전자우편 editor@munhak.com | 대표전화 031)955-8888 | 팩스 031)955-8855
문의전화 031)955-3579(마케팅), 031)955-2671(편집)
문학동네카페 http://cafe.naver.com/mhdn | 트위터 @munhakdongne
북클럽문학동네 http://bookclubmunhak.com

ISBN 978-89-546-4501-0 04810
978-89-546-0888-6 04810 (세트)

* 이 도서의 국립중앙도서관 출판예정도서목록(CIP)은 서지정보유통지원시스템 홈페이지(http://seoji.nl.go.kr)와 국가자료종합목록 구축시스템(http://kolis-net.nl.go.kr)에서 이용하실 수 있습니다.
(CIP제어번호: CIP2017007156)
* 잘못된 책은 구입하신 서점에서 교환해드립니다. 기타 교환 문의: 031) 955-2661, 3580

www.munhak.com